5시, 모닝 루틴

케이의 만년필 필사

5시, 모닝 루틴

케이의 만년필 필사

글·그림 케이

책의
정원

만년필 필사,
나의 모닝 루틴

새벽 5시.

가족들 모두가 아직은 잠들어 있는 온전한 나만의 시간. 제일 먼저 좋아하는 커피를 내려 머그컵 가득 따라 준비한 뒤 책상 앞에 앉는다. 그런 다음 플레이리스트에서 지브리 애니메이션 OST를 찾아 재생 버튼을 누른다. 커피를 한 모금 마신 뒤 필사를 할 책과 노트를 꺼내는 동안 나는 이미 행복해진다. 파우치 속에 누워 나를 기다리고 있는 만년필들을 애정 어린 눈길로 바라보며 잠시 동안 즐거운 고민에 빠진다.

'오늘은 어떤 만년필로 써볼까?'

사각 사각 사각…

만년필과 노트가 만나 만들어내는 기분 좋은 소리를 들으며 또박또박 정성껏 노트에 옮겨 적으며 느린 독서를 시작한다. 하루에 한 페이지, 어떤 날은 두 페이지.

그날의 상황과 컨디션에 따라 부담 없이 원하는 만큼 즐기듯 필사하기. 이것은 3년째 이어져 오고 있는 나의 모닝 루틴이자 감사한 마음으로 하루를 시작할 수 있게 해주는 비결이다.

'보기만 해도 힐링이 돼요.'

손글씨가 가진 아날로그적인 감성 덕분인지 감사하게도 많은 분들이 내가 필사한 노트를 보며 편안한 기분을 느낀다고 말씀해주신다. 때로는 필사하는 방법이나 초보자를 위한 만년필 고르는 법, 그리고 예쁘게 글씨 쓰는 방법 등에 관한 질문을 받기도 한다. 그럴 때마다 반갑기도 하고 한편으로는 안타까운 마음이 들었다. SNS를 통해서 간단히 답하기에는 만년필과 필사가 가진 매력이 어마무시하게 많기 때문이다. 마치 전에 TV광고에서 봤던 '아~ 정말 좋은데 뭐라고 표현할 수가 없네!'라고 말하던 아저씨의 그 심정과 비슷하다고 해야 할까?

그런데 마침 좋은 기회가 주어져 마음껏 그 매력을 알릴 수 있게 되어 얼마나 행복했는지 모른다. 그동안 필사를 하며 느꼈던 기쁨과 위안, 그리고 만년필을 처음 접하면서 겪었던 이른바 '만린이'의 경험담들을 가득 담았다.

이 책이 모쪼록 만년필 필사에 이제 막 관심을 가지게 되었거나 호기심이 있던 분들에게 친절한 가이드가 되기를 바란다. 부족한 나에게 기회를 주신 책의정원 출판사 대표님께 감사드리며 마지막으로 취미 부자 엄마이자 아내라서 늘 바쁜 나를 이해해주고 응원해주는 우리 가족들에게 진심으로 고맙고 사랑하는 마음을 전한다.

케이

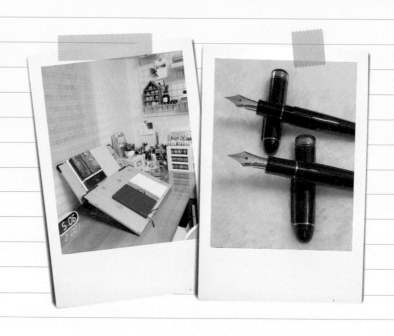

부디
내 말을 믿어보세요.
아무리 현실이
답답하더라도
내일은 :)
오늘보다 멋진 날이 되리라, 하고요.

자신의 모든 행위는 다른 행위와 서로 결단됨을
이끌어내는 요인이 되거나 혹은 지대한 영향을 미친
다. 어떠한 행위도 전혀 영향을 미치지 않는 것은 없
다. 자신의 행위에 의해서 일단 발생한 현상은 항
상 어떤 형태로든 다음에 일어나는 현상과 단단히
이어져 있다. 먼 과거 옛사람들의 행동조차 현재의
강하게 혹은 약하게 그리고 한 인간의 어느 작은 행위
영향한다. 우리들도 영원히 사

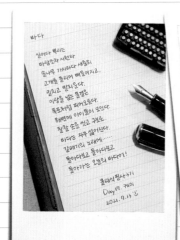

바다

살어다 빡리는
바람조차 시원한
솔나무 가지마다 세음이,
고개를 흘리며 배틀어지고,
일치고 믿지요다.
이상을 낳는 물결은
물보처럼 피어오른다.
해변에 아이들이 모인다.
찰싹 손을 씻고 구보로.
바다는 자꾸 섧어진다.
갈매기의 노래에......
돌아다보고 돌아다보고
돌아가는 오늘의 바다여!

졸래식필사기
Day17. 게미
2021. 9. 13 호

별 하나에 추억과
별 하나에 사랑과
별 하나에 쓸쓸함과
별 하나에 동경과
별 하나에 시와
별 하나에 어머니, 어머니,

...삶. 이라고 했다...
...런 모든 사람들이 마침내 고...

지금까지 언급한 근심과 걱정, 불안에 대해 장...
...이 어느 정도나 실제로 필요한지. 적어도 조상할 필요도 없이...
나. 삶에서 무엇이 필요하고 어떻게 해야 그것을 얻을 수 있는지...
비록 문명세계에 살고 있지만 원시적인 미개척지의 삶과 ...
다. 혹은 옛 상인들의 장부를 살펴 사람들이 상점에서 무엇을...
...ㅅ 무엇이 가장 많이 팔렸는지를 알아보는 방법도 있었다...
...의 본질적인 생존 법칙은 거의 변하지 않았다...
...드지 않듯이 ... 필수품이란 인간이 스스...
...하든 기반하든 ...

차례

만년필 필사를 하면 좋아지는 것들   117

필사 노트   157

만년필 필사라는
매력적인 취미

만년필 필사스타그램의 시작

인스타그램에서 본격적으로 활동하게 된 것은 그리 오래되지 않았다.

뭔가 의미심장하면서도 멋진 사진 한두 장과 간결하고 짧은 글, 그리고 센스 넘치는 해시태그들! 인스타그램의 첫인상은 한마디로 '낯설다'였다. 새로운 플랫폼의 표현 방식이 어렵게만 느껴졌던 것이다.

주변에서 하도 인스타가 대세라고 부추기는 바람에 주춤거리며 시작은 했지만 한동안은 적응하기가 쉽지 않았다. 친구들이랑 같이 놀고 싶은데 어울리지 못하고 구경만 하는 아이와 같은 심정이라고 할까. 그래도 무던하고 꾸준한 성격인지라 '일단 발을 들여놨으니 뭐라도 해보자'라고 스스로 다독이며 한 발짝씩 다가갔다.

블로그에 내가 만든 손뜨개 작품에 대한 이야기를 구구절절 풀어내며 SNS 활동을 10년 이상 해오고 있었는데, 거기에 너무 익숙해 있던 영향도 컸으리라.

초반에는 큰 고민 없이 블로그에 포스팅하듯이 내가 만든 작품 사진을 간간이 올렸다. 최적화된 사진의 비율이나 필터를 고르는 등의 정성까지는 쏟지 않았다. 그저 잘 나온 사진 한 장을 골라 올리는 수준이었다. 특별한 흥미를 느끼지 못한 채 의무감으로 인스타 계정을 관리하던 어느 날, 나의 숨겨진 또 다른 취미를 커밍아웃 해보고 싶다는 생각이 강렬하게 들었다. 생각만으로도 색다르고 짜릿한 기분이었다. 마치 답답했던 일상을 벗어나 여행지에서 느끼는 자유로움 같은.

내가 좋아하는 또 다른 취미는 바로 독서였다. 육아에 전념하는 동안은 하루하루가 지치고 힘들어서 원하는 만큼 읽지는 못했다. 아이들이 커가면서 짬짬이 자투리 시간을 활용하여 독서를 즐기고 있었다. 하교하는 아이를 기다릴 때 일부러 조금 서둘러 나와서 학교 앞 벤치에 앉아 하는 짧은 독서의 맛이 꽤 좋았다. 그러다 공감이 가는 구절을 발견하면 사진을 찍어 인스타에 올리기 시작했다. 완독한 책 중에 좋았던 작품은 간단한 감상평과 함께 올리기도 했다.

그후 필사에 재미를 붙이게 되면서 만년필로 필사한 노트 사진을 업로드 했다. 관심 분야가 같은 사람들의 계정을 구경하는 재미도 쏠쏠했다. 소위 자칭 '만년필 덕후'라고 하는 사람들의 사진은 늘 나를 설레게 했다. 어쩜 하나같이 멋진 만년필이 그리도 다양한지 넋을 잃고 구경하곤 했다.

뿐만 아니라 매력적인 컬러의 잉크로 필사한 사진을 발견하는 날이면 온라인에서 검색해보고 나중에 구입하려고 제품명을 메모해놓기 바빴다. 그러다 보니 취미가 비슷한 외국인 친구들도 몇몇 생겨났다. 보통은 서로의 필체와 만년필을 칭찬해

주는 댓글로 교류하지만, 때로는 DM^{direct message}을 주고받으며 대화를 나누기도 한다. 그 친구들과는 아무래도 영어로 채팅을 해야 하기 때문에 자연스럽게 영어 공부까지 하게 된다. 물론 종종 번역앱의 도움을 받지만 어쨌든 외국어 공부를 하려고 일부러 투자하는 시대에 나름 일석이조의 효과가 아닐 수 없다.

다람쥐 쳇바퀴 같던 일상에서 어느 순간 인스타그램은 새로운 놀이터가 되어가고 있었다. 더이상 주변에서 구경만 하는 아이가 아니었다. 친구들을 사귀고 대화하며 함께 신나게 뛰어놀게 된 것이다. 비록 온라인을 통한 만남이지만 갈수록 새로운 사람을 사귀는 것이 쉽지 않다는 것을 깨닫는 나이인 만큼 그 인연들 하나하나가 무척 소중하다. 심지어 비슷한 취향과 취미를 가진 친구라니!

가끔은 감사하게도 내가 쓴 글씨만 봐도 힐링이 된다는 분들이 있다. 그래서 어떤 날은 일부러 짧지만 응원이 되는 따뜻한 글귀를 필사하여 올리기도 한다. 바쁜 하루 가운데 잠시 열어본 SNS에서 발견하게 된 손글씨를 읽고 그 순간 누군가가 위로받는 상상을 하면서. 그저 내가 재밌고 좋아서 시작한 만년필 필사가 이제는 혼자만의 취미를 넘어 타인에게까지 선한 영향을 주고 있다.

요즘은 부캐의 시대라고 한다. '부캐'는 원래 게임용어로 본래 사용하던 캐릭터 이외에 새롭게 만든 부캐릭터를 줄여서 부르는 말이다. 최근에는 '평소의 내 모습이 아닌 새로운 모습이나 행동할 때'를 가리키는 말로 일상생활에서 자주 사용되고 있다. 내가 손뜨개 강사라는 본업이 있지만 만년필 필사를 하는 사람이라는 부캐를 갖게 된 것처럼 말이다.

혹시 혼자서만 조용히 즐기고 있는 취미가 있다면 나처럼 세상에 꺼내놓아 보기를 권한다. 온라인이라는 공간에 나만의 아지트를 만든다고 생각하고 온전히 좋아하는 것들로만 꾸며 나가는 것이다. 그것은 색다른 재미이고 무료한 삶에 활력을 가져다줄 것이다. 그러다 보면 자연스레 자신만의 매력적인 부캐도 만들어질 것이다. 그런 의미에서 때로는 한 우물만 파는 것보다는 가끔은 신선한 외도(?)도 해볼 만하다.

필사 덕후의 인생 책들

어릴 때부터 나는 책을 좋아하는 아이였다.

초등학교 시절, 교실 안에 비치되어 있던 학급문고의 권장도서는 담임선생님의 지침으로 겨우 읽는 아이들이 대부분이었지만 나는 그와 정반대였다. 정해진 독서시간 외에도 틈틈이 책을 꺼내다 읽다 보니 한 학기가 끝나기도 전에 대부분의 책을 다 읽을 정도였다. 특히 나의 어린 동심에 큰 감동을 일으켰던 『나의 라임 오렌지 나무』는 너무 너무 좋아해서 마지막 책장을 덮자마자 처음부터 다시 읽기도 했다.

책을 읽고 있으면 머릿속에서 주인공과 함께 펼쳐지는 장면 장면 들이 생생하게 그려졌다. 나에게 그것은 엄청 재미있는 하나의 놀이였다. 덕분에 꾸준히 독서를 하게 되었고 집중력과 끈기가 자연스레 몸에 배어서인지 특별히 사교육을 받지 않았는데도 성적은 늘 상위권이었다.

학교에서 상장을 받아오면 어머니가 매우 기뻐하시던 것이 기억난다. 혹시라도 구겨질까 봐 문구점에 가져가서 깨끗하게 코팅을 한 다음 안방 벽에 한 장씩 정성껏 붙여놓으셨다. 나는 그 모습을 보면서 '참잘했어요' 스티커로 포도알을 완성해가듯 벽면을 가득 채우고 싶다는 욕심이 들었다.

그렇다고 우리 부모님이 특별히 학구열이 높은 분들은 아니었다. 그 시절의 부모 세대들이 대부분 그러셨겠지만 먹고 살기 바쁜 시절이다 보니 사실 학구열은 고사하고 '그저 사고치지 말고 튼튼하게만 자라다오'라는 심정으로 자식들을 키우셨다.

어느 날 하교 후에 집에 갔더니 어머니가 처음 보는 낯선 아주머니와 대화를 나누고 있었다. 그분은 나를 매우 반기시며 어머니 옆에 앉으라고 권하셨다. 테이블에는 다양한 어린이 전집을 소개하는 안내 책자가 펼쳐져 있었다. 나는 눈을 반짝이며 구경을 하기 시작했다. 며칠 뒤 우리 집에는 세계위인전집과 과학만화전집이 배달되었다. 어머니는 전집을 사주시기만 하고 읽으라고 강요하지는 않으셨다.

하교 후에 심심할 때면 작은 책장 앞에 앉아서 맘에 드는 책을 꺼내 들었다. 지금이야 스마트폰이라는 만능 놀잇감이 있지만, 내가 어릴 때만 해도 종이인형을 오려서 가지고 놀던 시절이다. 책을 읽다 보면 나도 모르게 이야기 속에 푹 빠져서 한두 시간이 훌쩍 지나가곤 했다. 내 경험을 비추어 보아도 책을 좋아하는 아이로 키우기 위해서는 역시 부모가 억지로 강요하기보다 읽을 수 있는 환경을 만들어주는 것이 중요하다고 생각한다.

중학교 시절에 가장 좋아했던 책은 『어린 왕자』였다. 수많은 명언들이 가득한 『어린 왕자』는 내가 필사를 시작한 이래로 전권 필사에 도전했던 첫 번째 책이기도 하다. 나는 개인적으로 고전 소설을 좋아하는데 특유의 분위기와 서정적인 문체뿐 아니라 때로는 철학책이라고 느껴질 만큼 마음을 울리는 보석 같은 문장들이 곳곳에 숨어 있기 때문이다. 고전의 또 다른 매력은 처음 읽고 느꼈던 감동의 포인트가 시간이 흐른 후 다시 읽었을 때 달라진다는 점이다.

『어린 왕자』도 마찬가지였다. 중학생 때에는 '중요한 것은 눈에 보이지 않는다'라는 문장이 너무 멋있어서 한동안 심취했다. 하지만 어른이 되어 필사를 하며 느린 독서를 할 때에는 다른 문장이 마음에 와닿았다. 그것은 지구에 막 도착한 어린 왕자가 뱀과 대화하는 내용이었다.

사람이 없는 지구의 사막에서 어린 왕자는 외로움을 느낀다. 이때 작가는 '사람들 사이에 있더라도 외롭기는 마찬가지'라는 의미의 철학적 메시지를 뱀의 입을 통해 어린 왕자에게 들려준다.

어릴 때는 그냥 지나쳤던 그 문장이 오랜 사회생활을 경험한 현재의 나에게는 큰 공감을 주었다. 그 문장을 노트에 옮겨 적어 놓고는 마치 쓴 술 한 잔을 마신 듯 '크~' 하는 감탄사를 내뱉으며 필사 노트 속의 그 문장을 여러 번 곱씹어 보았다. 아마 20년쯤 시간이 흐른 뒤 『어린 왕자』를 다시 읽는다면 또 다른 문장이 나를 멈춰 세울 것이다.

학창 시절에 책을 좋아한 것은 물론 장점이 더 많았지만 때

로는 문제가 되기도 했다. 하필이면 시험기간마다 장편소설에
꽂혀 버렸던 것이다. 벼락치기를 해도 모자랄 판에 코앞에 닥친
시험공부는 뒷전으로 하고 책을 읽느라 밤을 지새우기도 했으
니 말이다.

　내가 다니던 고등학교의 도서관은 책을 빌리는 자료실과 앉
아서 공부하는 일반 열람실의 구분이 없는 구조였다. 잠시 머리
나 식힐 생각으로 의자에서 엉덩이를 떼고 도서관 서가에 꽂힌
책을 구경하는 순간, 그날의 공부는 끝났다고 해도 무리는 아니
었다.

　고교 시절 내게 가장 큰 영향을 준 책은 무라카미 하루키
의 『상실의 시대』였다. 당시엔 내용이 다소 충격적이라 감당이
안되는 부분도 있었지만, 하루키의 뛰어난 감정 묘사에 빠져들
어 그의 작품에 '입덕'하게 되는 계기를 만들어준 책이었다. 하
루키의 소설은 어렵지 않게 친숙한 문장도 많은 반면에 어디로
튈지 모르는 난해함이 있다. 그 점이 때로는 당황스럽게 느껴지
기도 하지만 나처럼 평범한 사람은 꿈에서조차 생각할 수 없는
초현실적인 상상력 때문에 더 끌렸다.

　하루키의 소설이 좋아서 그의 팬이 됐지만, 그의 에세이를
읽고 난 후에 그에게 더 완전히 매료되고 말았다. 평범하고 일
상적인 주제로 어쩌면 그렇게 위트 있고 깔끔한 글을 쓸 수 있

는지 감탄하지 않을 수 없었다. 소싯적에 백일장에서 글짓기 상을 몇 차례 받은 후로 '나도 언젠가 작가가 되고 싶다'는 꿈을 계속 간직해 오고 있던 터라 더더욱 그의 타고난 감각과 재능은 늘 부러움과 존경의 대상이었다. 『샐러드를 좋아하는 사자』를 필사했던 이유도 그의 문체를 닮고 싶었던 로망에서 비롯된 것이었다.

　필사라는 것은 단순히 글을 베껴 쓰는 과정이 아니라 한 자 한 자 옮겨 적으면서 작가의 감성과 문체를 그대로 몸소 체험하는 시간이다. 그래서 좋아하는 작가의 책, 혹은 인생 책이라고 여길 만큼 감동을 받았던 책들은 시간을 내어 꼭 한 번씩 필사를 하고 싶어진다. 책벌레 출신의 필사 덕후인 나는 여전히 읽고 싶은 책도, 필사하고 싶은 책도 너무 많아서 오늘도 하루가 부족하다.

야수의 서재에 대한 로망

개인적으로 디즈니 애니메이션 중에서 가장 좋아하는 것은 바로 『미녀와 야수』이다. 디즈니 작품들이 대부분 그렇듯이 어른이 봐도 재미있는 애니메이션이 많지만 그 중에서도 『미녀와 야수』를 꼽은 이유는 바로 단 하나의 장면 때문이다.

그것은 야수가 벨에게 어마어마한 양의 책으로 가득한 서재의 문을 활짝 열고 보여주는 장면이다. 마을 도서관에 책이 얼마 없어서 늘 아쉬워했던 벨에게는 정말 환상적인 순간이 아닐 수 없었을 것이다. 벨이 사다리를 타고 올라가(사다리라니!) 책 한 권을 꺼내들고 환하게 미소 짓는 모습을 보면서 다소 황당한 생각을 했다.

'와~ 이런 서재를 선물받는다면 나라도 야수와 사랑에 빠질 것 같다.'

확신하건대 아마도 책을 좋아하는 사람이라면 그 장면에서 다들 심쿵했으리라.

나도 결혼을 하면 '야수의 서재'만큼은 아니더라도 꼭 멋진 서재를 만들겠다고 다짐을 하곤 했었다. 그래서 신혼 때는 일부러 서점 데이트를 하면서 열심히 책을 사 모으기도 했다. 남편과 서로 좋아하는 장르가 다르다 보니 제법 읽을거리가 풍성한 서가가 만들어져 갔다. 하지만 야수의 서재는 논외라고 하더라도 우리만의 아늑한 서재 만들기 프로젝트는 그리 오래가지 못했다. 누구나 예상 가능한 전개이지만 임신을 한 것이었다.

육아를 시작하는 모든 초보 엄마들이 서서히 깨닫게 되는 중요한 사실이 한 가지 있다. 일단 아이가 태어나면 향후 몇 년간은 집안 인테리어 따위는 아웃오브안중이 되어 버린다는 것. 알록달록한 각종 유아용품과 장난감들, 거실 가득 차지하는 놀이매트까지. 제아무리 심플하고 모던한 스타일을 추구하는 사람이라 하더라도 별 수 없는 것이다. 나 역시 서재는 이미 먼 나라 이야기가 되어 버리고 그나마 캐릭터가 인쇄되지 않은 단조로운 파스텔톤의 놀이매트를 구입하는 것으로 위안을 삼아야 했다.

사실 포기하게 되는 것은 인테리어만이 아니다. 엄마라는 새로운 인생을 살게 되는 순간부터 '나'라는 개인은 사라지게 된다. 나 혼자만의 시간이나 취미생활이라는 것 자체가 로망이 되는 것이다. 그렇지만 육아를 하는 동안에만 경험할 수 있는 무조건적인 사랑의 기쁨이 무엇보다 크기에 그 모든 것을 감당할 수 있는 것이리라.

아이가 어느 정도 자라자 미뤄두었던 서재에 대한 로망도 다시 커지기 시작했다. 거실에 TV를 치우고 벽면을 아예 책장으로 가득 채워서 북카페로 꾸며볼까도 생각해봤다. 하지만 현실적으로 집 안에 수백 권 이상의 책을 보유한다는 것은 쉽지 않은 일이었다. 우선 나의 경우 평균적으로 한 달에 약 8권 정도, 일년으로 치면 약 100권 가까이 책을 읽는 편이다. 만일 그 책들을 전부 구입해서 본다면 경제적인 측면도 무시할 수 없을 것이다. 하지만 그보다 문제는 책이 점점 집 안 가득 쌓여서 살림살이를 놓을 공간도 사라질 수 있다는 것이다. 그때마다 넓은 평수로 이사를 갈 생각이 아니라면 최대 소장 가능한 양을 정해놓고 관리해야 한다.

가끔 어떤 책들은 사놓고 책장에 꽂아 둔 채 먼지만 소복이 쌓이게 되는 경우도 있다. 그래서 책을 구입할 때는 공간 비용과 소장 가치를 고려하여 신중을 기해야 한다. 그리고 정기적으로 방치되고 있는 책들은 중고서점에 판매하거나 주변에 나눔을 하는 등의 방법으로 정리를 해주는 것이 좋다.

언젠가부터 내 독서량의 많은 부분은 도서관에서 대여한 책과 전자책으로 채우게 되었다. 보통 책을 좋아하는 사람들은 특유의 종이 냄새와 한 장 한 장 책장을 넘길 때의 질감 등 여러 가지 이유 때문에 종이책을 선호한다. 나 역시 그런 아날로그적 감성을 사랑하다 보니 처음에는 전자책 사용을 꺼리기도 했다. 왠지 책을 읽는 느낌이 나지 않는다고 할까? 그러다 어느 날 동생이 선물해 준 '크레마 리더기'를 사용하면서 생각이 달라졌다.

전자책은 밤에 조명이 없어도 독서가 가능하고, 휴대하기가 편해서 시간과 장소에 구애받지 않는다. 또 텍스트를 볼 수 없는 상황에서도 책의 내용을 음성으로 들을 수 있는 점은 특히 육아맘들에게 추천해주고 싶은 전자책의 장점이다. 아기 기저귀를 갈고 젖병을 소독하면서도 좋아하는 작가의 에세이나 흥미진진한 소설을 들을 수 있는 것이다. 나는 주로 집안일이나 뜨개질을 할 때 전자책의 음성 지원 기능을 이용하고 있다.

전자책의 실용적인 면을 활용하면서도 종이책을 좋아하는 나는, 일주일에 한두 번은 동네 도서관에 가서 책을 빌린다. 도서관 서가의 '책 골목'을 이곳저곳 누비고 있노라면 마치 보물찾기를 하는 어린아이처럼 기분이 좋아진다. 이제 와서 생각해보면 『미녀와 야수』속의 그 환상적인 서재는 역시 동화 속이니까 가능한 것이리라. 야수에게는 정말 미안하지만 벨이 사랑에 빠진 진짜 이유는 바로 그 서재 때문이 아닐까?

문구에 대한 찐애정

필사를 즐기게 되면서 학교 졸업 후에 잊고 지냈던 문구에 대한 애정이 다시 불타올랐다. 가까운 생활용품점에만 가도 딱히 필요한 것이 없는데도 으레 문구 코너를 기웃거리게 된다. 작고 소소한 문구들이 주는 기쁨은 내게는 무엇보다도 중독성이 강하다. 문구에 대한 이런 찐애정은 고등학교 때부터 시작되었다. 나는 필통에 색색의 형광펜과 볼펜들을 가득 넣고 다니는 것을 좋아하는 아이였다. 노트를 정리하거나 다이어리를 쓸 때, 그것들을 쭉 펼쳐놓고 아기자기하게 꾸미는 재미란! 학창시절에 일명 '다꾸' 좀 해본 사람들은 설명하지 않아도 그 몽글몽글한 느낌을 잘 알 것이다.

하루는 기분이 매우 들떠서 등교를 했다. 학교 앞에 오픈 준비 중이었던 대형 문구점이 드디어 문을 여는 날이었기 때문이다. 하지만 내가 다니던 학교는 전교생에게 의무적으로 야간 자율학습을 시켰기 때문에 도저히 구경하러 갈 시간을 낼 수 없었다. 지금 생각해보면 '자율'이 아닌데 군이 이름을 그렇게 붙여서 왜 수시로 학생들의 분노를 유발시켰는지 이해가 되지 않는다.

나는 문구점을 필사적으로 가기 위해 고민을 하다가 뜻맞는 친구 한 명과 함께 계획을 세웠다. 야간자율학습이 시작되기 전에 주어지는 저녁 급식 시간에 구경을 가기로 한 것이다. 드디어 기다리던 시간! 우리는 급식을 빠르게 해치우고 설레는 발걸음으로 학교 앞 문구점으로 향했다. 규모가 큰 곳이었던 만큼 2개의 층으로 이루어져 있었다. 1층에는 아기자기한 팬시용품들과 인형들, 2층에는 내가 좋아하는 문구들이 가득했다. 우리는 '우와 귀엽다! 이것 봐!'를 연발하며 혼을 쏙 빼놓고 신나게 아이쇼핑을 했다. 그러다 문득 쎄한 기분이 들었다. 시간을 확인해 봤더니 예상대로 급식 시간은 이미 끝나 있었다.

반짝이며 빛나던 우리의 눈은 순식간에 어두워졌다. 어떻게 안 걸리고 들어가지? 하필 운이 나쁘게도 그날은 깐깐하고 융통성 없기로 유명한 문학 선생님이 감독을 하는 날이었던 것.

보통 감독 선생님은 긴 복도를 왔다갔다 활보하며 학생들을 살폈던지라 교실 입구로 들어가면 틀림없이 걸릴 게 뻔했다. 우리는 완전범죄(?)를 꿈꾸며 큰 결심을 했다. 몰래 창문을 넘기로한 것이다. 그것은 우리 반 교실이 1층이라서 가능한 시나리오였다. 내가 망을 보는 사이 친구가 먼저 과감하게 작전을 실행했다. 짧은 순간이었지만 어찌나 떨리던지. 교실 안에서 힐끔거리며 쳐다보는 반 아이들도 조마조마한 표정이었다. 친구는 무사히 자리에 앉는 데까지 성공했다.

친구의 성공은 나를 과감히 행동하게 했다. 교복치마를 한손으로 부여잡고 창문에 오른쪽 다리를 걸치고 넘어가려고 하는 순간, 호기심에 지켜보던 몇몇 아이들이 일제히 고개를 숙이는 게 아닌가. 슬픈 예감은 틀리지 않았다. '거기~ 너!' 하는 문학 선생님의 카랑카랑한 목소리가 들려왔다.

그후에 벌어졌던 상황은 수치스러워서 그다지 추억하고 싶지도 않다. 그래도 가끔 지나가다 학교 앞에 있는 문구점을 볼 때면 그 시절이 생각나서 피식 웃게 된다.

나는 옷이나 액세서리보다 문구에 쓰는 돈은 전혀 아깝지 않다. 큰돈이 들지 않아서이기도 하지만, 그보다는 문구의 가심비가 높아 나에게 훨씬 큰 기쁨을 안겨주기 때문이다. 최근에는 10~20대 사이에서 일종의 놀이로 '다이어리 꾸미기'가 유행하며 일명 '다꾸용품'들이 다양하고 저렴하게 판매되고 있다. 몇 천 원이면 어여쁜 마스킹테이프나 스티커를 맘대로 고를 수 있다. 마음껏 구경하고 가끔은 장바구니 가득 담아 '플렉스'하며 스트레스도 풀 수 있는 문구 덕후의 삶은 정말 매력적이다. 확신하건대 내가 필사를 계속 하는 한 앞으로 문구에 대한 애정은 쉼 없이 계속 이어질 것이다.

나의 첫 만년필

    내가 필사를 꾸준히 즐기게 된 것은 두말 할 나위 없이 만년필 덕분이다. 펜촉에 따라 종이와 만났을 때 달라지는 다양한 필감, 새벽 필사를 할 때 고요함 속에서 들리는 사각거림. 기분에 따라서 다양한 컬러의 잉크를 넣어 쓸 수 있는 재미. 일반 볼펜이나 펜에서 느낄 수 없는 클래식함 등등… 만년필의 모든 것을 사랑한다. 만년필에 대해서라면 밤을 새서라도 할 이야기가 많지만 사실 필사를 처음 할 때부터 사용한 것은 아니다.

    나의 첫 필사는 집에 있던 볼펜 한 자루와 2천원짜리 스프링 노트 한 권으로 시작했다. 하지만 과거에 문구 덕질 이력이 있는 만큼 필사를 해나갈수록 필기구에 대한 관심도 덩달아 커져만 갔다. 그러던 중 만나게 된 책 한 권! 필기구에 대한 나의 호기심을 채워주는 동시에 만년필에 대한 로망을 심어준 책! 바로 『츠바키 문구점』이다.

유서 깊은 대필가의 집안에서 태어난 주인공 포포. 그녀는 어릴 때부터 할머니에게서 붓글씨 교육을 철저하게 받는다. 할머니가 돌아가신 뒤, 문구점을 이어받아 직접 운영하게 된 그녀는 할머니가 그랬듯이 대필가의 길을 가게 된다. 책의 주내용은 주인공 포포가 편지 의뢰를 받으면서 벌어지는 따듯하고 잔잔한 다양한 에피소드들로 구성되어 있다.

내가 가장 인상 깊었던 부분은 포포가 대필 의뢰를 받은 후에 하나의 성스런 의식을 치르듯이 정성 들여 세심하게 작업하는 과정이었다. 포포는 편지의 내용에 따라서 글씨체와 종이, 펜과 잉크색은 물론, 심지어 우표 한 장에 그려진 그림과 접착제까지도 신중하게 골랐다.

종이 질감에 대한 생생한 묘사는 내가 직접 만지고 있다는 착각을 불러일으켰다. 연필에서부터 붓, 볼펜, 유리펜, 만년필 등등 다양한 필기구에 대해 설명하는 부분은 정말이지 너무너무 좋아서 읽고 또 읽었다.

책의 마지막 부분에서 포포가 돌아가신 할머니의 진심을

깨닫고 고등학교 입학 기념으로 할머니가 선물로 주셨던 워터 맨 만년필로 편지를 쓰는 장면이 나오는데, 그 만년필이 루이스 에드슨 워터맨의 발명 100주년을 기념해서 발매된 '르망100' 이었다.

포포가 담담히 표현하는 만년필에 대한 묘사를 읽다가 참을 수 없는 호기심이 발동하여 바로 인터넷 검색을 해보았다. 과연 검은색 바디에 반짝이는 금색 펜촉으로 된 늠름하면서도 아름다운 자태의 멋진 만년필이었다. 그때부터 저런 우아한 만년필로 필사를 한다면 어떤 느낌이 들지 직접 써보고 싶어졌다. 마침 크리스마스가 다가오던 차라 그 빌미로 남편에게서 나의 첫 만년필을 선물로 받을 수 있었다.

책의 영향 때문인지 나는 첫 번째 만년필로 금색 펜촉에 클래식한 디자인의 '펠리칸M200'을 선택하였다. 잉크를 주입하고 처음 시필할 때의 설렘을 아직도 기억한다.

알고 보면 만년필은 관리가 까다롭기 때문에 편리한 필기 구라고는 할 수 없다. 주기적인 청소를 해줘야 하는 것은 기본이고 잉크가 마르는 것을 방지하기 위해 꾸준히 사용해야 한다.

또한 밀도가 높은 종이가 아니라면 잉크가 거미줄처럼 번지기 때문에 함께 사용할 노트도 잘 골라야 한다. 그럼에도 불구하고 만년필을 애정하는 이유는 불편함을 감수할 만큼, 아니

그 이상의 매력을 충분히 가지고 있기 때문이다. 만년필은 오랜 시간 사용할수록 사용자의 필기 습관에 맞추어 조금씩 길들여지게 된다. 마치 『어린 왕자』에 나오는 여우처럼.

　나를 가장 잘 아는 마치 오랜 친구 같은 '나만의 만년필'이라니 매력적이지 않은가. 다만 그 매력에 한 번 빠지게 되면 그런 친구들을 자꾸만 더 많이 만들고 싶어지니 주의해야 한다. 어느 날 이른바 '만년필 개미지옥'에서 방황하는 자신을 발견하게 될지도 모르니까.

나만의 필사 레시피

"만년필로 필사하다가 오타가 나면 어떻게 하세요?"

만년필 필사를 하고 싶지만 진한 잉크로 글씨를 쓰다가 오타를 낼까 봐 망설여진다는 분들이 자주하는 질문이다. 가장 좋은 방법은 필사를 하는 동안 책의 내용에 완벽히 몰입하는 것이다. 긴 문단을 옮겨 적을 때, 혹은 야심차게 전권 필사를 시작했다면 더욱 정신을 바짝 차려야 한다.

필사는 어떤 면에서 명상과 상당히 비슷하다. 마음을 비우기 위해 차분히 눈을 감고 명상을 시작하지만 얼마 되지 않아

'이따 점심은 뭐 먹지? 오늘 처리할 일이 뭐였더라?' 등등 꼬리에 꼬리를 무는 잡념이 머릿속을 휘젓고 다니며 집중을 방해하는 것처럼 필사할 때도 종종 그런 일이 벌어진다.

나 역시 A5 노트에 약 2페이지 정도를 필사하다 보면 순간의 방심으로 오타를 내기도 한다. 물론 완벽히 쓰면 좋겠지만 그렇다고 노트를 찢고 새로 쓰거나 수정테이프를 붙이지 않는다. 어? 틀렸네. 그게 끝이다. 세상 쿨함을 장착하고 패스해 버리는 것이다. 필사는 힐링을 위한 것이기 때문에 스트레스를 굳이 받을 필요가 없다는 것이 나의 생각이다. 나의 오타 해결 방법(?)에 대한 반응은 늘 약간의 놀라움과 함께 '덕분에 마음이 가벼워졌다'라는 답이 돌아온다.

사실 나는 그렇게 낙천적인 성향의 사람이 아니다. 학생 때는 밤에 자려고 누웠다가도 중요한 무엇인가 떠오르면 몇 번이나 벌떡 일어나서 메모를 해놓고 잘 만큼 예민했다. 직장생활을 할 때에는 일명 '꼼꼼이 팀장'이라는 별명이 붙여질 만큼 깐깐한 상사였다. 손뜨개 수업을 할 때에도 마찬가지이다.

한 번은 수강생이 숙제를 잘못 해온 바람에 며칠 걸려서 떠온 것을 다시 풀어낸 적도 있다. 작은 실수라 해서 그냥 못 본 척 눈감고 넘어가게 되면 결과물이 만족스럽지 않게 나온다. 이왕이면 예쁘고 완벽하게 만들기를 추구하는 스타일이다 보니 그대로 넘어갈 수가 없었다. 결국 수강생은 아까운 마음에 눈물까지 글썽이며 '푸르시오'를 해야만 했다.

그런 내 성격대로라면 단 한 자의 오타도 허용하지 않아야 정상이지만 필사에서만큼은 한없이 너그럽다. 필사를 하면서 느끼는 정서적인 만족감을 부정적인 감정이 방해하는 것을 원하지 않아서이다.

그 시간을 온전히 즐기기 위해서 나만의 필사 레시피도 만들었다.

모든 준비가 끝나면 필사를 시작한다. 아무도 쫓아오지 않으니 차분히 또박또박 바르게 쓴다. 소소한 오타 따위는 가볍게 무시하고 넘어간다. 스트레스는 금물! 날짜와 서명을 하고 그대로 마무리하거나 그날의 기분이나 생각을 간단히 그림이나 글로 작성하기도 한다.

하루 종일 머릿속이 시끄럽고 유난히 정신없이 보낸 날, 좋아하는 만년필을 손에 쥐고 노트에 한 자 한 자 적다 보면 마음이 편안해지고 안정이 찾아온다. 위로가 필요한 날에도 짧은 필사 시간이 어떤 말보다 지친 나를 달래고 응원해주는 큰 힘이 되어 주고 있다.

케이의 필사 레시피

2. Music

가사가 없는 잔잔한
연주곡이 필사에 좋다.

1. Me time

아무도 방해하지 않는
나만의 시간

3. Coffee or Tea

향이 좋은 커피나 차

4. Stationary

좋아하는 필기구와 노트

필사 노트의 힘

"이거 마시면 우리 사귀는 거다."

로맨스 고전 영화라고 할 수 있는 『내 머리 속의 지우개』를 떠올리면 비주얼 천재인 남녀주인공이 소주잔을 들고 밀당을 하는 달달한 장면이 가장 먼저 기억이 난다. 하지만 영화의 전반적인 내용은 그리 설렘 가득한 연애 이야기는 아니다. 꽃다운 나이에 알츠하이머병에 걸려 사랑하는 사람마저 서서히 알아보지 못하게 되는 여주인공과 그를 지켜보는 남주인공의 모습이 그려진 아름답지만 마음 짠해지는 감동 러브스토리인 것이다.

"내 머리 속에 지우개가 있대…"

기억상실이라는 단어를 너무나 감수성 충만하게 표현한 저 대사는 영화의 인기 못지않게 많은 사람들이 패러디하면서 실생활에서도 자주 사용하게 되었다. 어느 날 문득 여주인공의 대사를 읊조리고 있는 나를 발견하게 되었는데, 다름 아닌 봄맞이 대청소로 책장 정리를 하던 중이었다.

제목을 보면 분명히 읽었던 책인데 그 내용이 전혀 기억이 나지 않는 것이었다. 물론 영화처럼 극적인 상황은 아니었지만 나에게는 나름 충격과 회의감이 교차하는 순간이었다.

'그동안 읽었던 수많은 책들이 과연 내 머리 속에 얼마나 남아 있을까?'

의구심과 동시에 허무감이 밀려와 잠시 동안 멍하니 책장을 바라보고 있었다. 소장하고 있는 책들은 언제든지 다시 책장에서 꺼내어 읽으면 되겠지만 최근에는 도서관에서 대출해서 읽는 양이 점점 많아지고 있기 때문에 이대로는 안되겠다는 생각이 들었다.

시간이 지나면 자연스레 닳고 점차 사라지는 것이 기억의 섭리라 할지라도 이런 허무한 독서는 그만두고 싶었다. 이제는 뭔가 새로운 독서법을 모색해야 한다는 결론을 내리게 되었고 그 방법은 바로 필사였다.

사실 처음에는 필사가 가진 의미나 중요성, 이런 심도 깊은 부분까지는 생각하지 못했다. 단순히 도서관 반납기일이 다가오면 기억하고 싶은 문장들을 스프링 노트에 책 제목과 함께 적어 두는 게 다였다. 한 권의 책에서 발췌하여 필사한 부분이 때로는 노트의 여러 페이지에 걸쳐 이어지기도 하고, 짧게 한두 문장만 되는 경우도 있었다. 약간 잡식성(?) 독서 스타일이다 보니 소설, 에세이, 자기계발서, 시 등 다양한 장르의 가슴 뛰는 문장들을 노트 한 권에 모을 수 있었다.

그것은 어찌 보면 영화에서 여주인공이 기억이 잠시 되살아났을 때 사랑하는 남편에게 편지를 쓰던 장면과 비슷하다. 책을 읽자마자 가장 생생한 느낌이 살아있을 때 놓치고 싶지 않은 문장들을 나만의 노트에 정성껏 옮겨 적는 것이다. 그리고 책의 내용이 가물가물해질 때면 가끔씩 꺼내 읽어보면서 당시의 기분을 느끼는 것이다.

이제는 습관이 되어서인지 책을 읽은 후에 짧게라도 정리를 해야 직성이 풀린다. 그렇지 않으면 음식을 잔뜩 먹고 소화가 잘되지 않아 답답한 것처럼 마음이 더부룩해진다. 덕분에 필사를 시작한 이후로는 더이상 돌아서면 책 내용이 기억나지 않는다고 한숨 쉬지 않게 되었다.

"내가 다 기억해줄게. 내가 있잖아. 응? 네가 다 잊어버리면 내가 짠하고 나타나는 거야…"

영화 속 남자주인공의 대사는 마치 필사 노트가 내게 해주는 말처럼 든든하다. 분명 읽은 책인데 내용이 전혀 생각나지 않아 스스로의 가냘픈 기억력을 탓한 경험이 있다면 더이상 망설이지 말고 노트와 펜을 꺼내 필사를 시작해보기를 권한다.

필사 엄마의 따라쟁이들

두 아이의 엄마인 나는 주변에 또래 아이를 키우는 엄마들로부터 종종 상담 요청을 받는 편이다. 다른 아이들에 비하여 좋은 생활 습관을 지니고 있는 모습에 놀라워하며 궁금해하는 것이다. 한번은 남편이 모임에 나가서 내가 아이들을 키우는 방식에 대해 얘기한 적이 있단다. 대부분 믿을 수 없다는 반응을 보이며 한 친구는 심지어 이렇게 말했다고 한다.

"아니, 네 와이프는 무슨 신사임당이니?"

물론 나는 신사임당처럼 훌륭한 어머니가 되고 싶은 지극히 평범한 사람이다. 약간의 냉소가 섞여 있을지언정 어찌되었든 기분 좋아지는 비교가 아닐 수 없다. 그럼 대체 아이들을 어떻게 키우길래? 하는 생각이 들겠지만 사실 특별한 것은 없다. 간단히 말하자면 나는 아이들에게 바라는 모습을 내가 스스로 행동하여 보여주는 편이다. '아이는 엄마의 거울이다'라는 얘기는 괜히 나온 말이 아니다. 아이들은 엄마가 하는 행동, 말투, 심지어 사소한 습관까지 많은 것을 보고 따라하기 마련이다. 특히 나이가 어릴수록 엄마와 자신을 동일시하고자 하는 욕구가 있기 때문에 엄마의 모든 행동을 모방한다고 한다.

새벽 기상은 『미라클 모닝』과 『변화의 시작 5AM 클럽』 등의 자기계발 서적을 읽은 후에 자극을 받아 연습하기 시작했다. 처음에는 물론 쉽지 않았다. 하지만 가족들 모두가 잠들어 있는 고요함 속에서 책을 읽고 필사하는 혼자만의 시간은 너무나 매력적이었다. 그렇게 모닝 루틴으로 자리를 잡아가는 동안 '엄마 따라쟁이' 아이들까지 덩달아 기상 시간이 빨라졌다. 아이들은 당연히 일어나자마자 엄마를 찾아 내 방으로 달려왔다. 안방 문이 달칵 열리는 소리가 들리고 다다다 거실을 가로지르는 소리가 들리는 순간. 아쉽지만 혼자만의 시간은 그대로 끝나는 것이었다.

나의 새벽 기상 훈련 덕분에 온 가족이 이른바 '아침형 인간'으로 거듭나게 되었고 그 덕분에 우리 집의 아침 풍경은 여느 집에 비해 늘 여유로울 수 있게 되었다.

이런 일도 있었다. 언젠가 오후에 식탁에 앉아서 기분 좋게 필사를 하고 있었다. 법정 스님의 『산에는 꽃이 피네』를 정성껏 옮겨 적고 있는데 당시 여덟 살이었던 첫째가 다가왔다. 엄마가 무엇을 하고 있는지 궁금했던지 잠깐 동안 살펴보더니 질문을 했다.

"엄마 지금 뭐하고 있어요?"
"엄마가 좋아하는 책을 노트에 옮겨 쓰고 있어."
"그거 재미있어요?"
"응~ 좋아하는 책을 따라서 쓰니까 기분이 좋아지네."

딸아이는 재미있어 보였는지 자기도 해보고 싶다고 했다. 나는 깨끗한 새 노트 한 권을 꺼내주었다. 아이는 평소 좋아하던 『빨간머리 앤』을 가져오더니 내 앞에 앉아 또박또박 따라서 쓰기 시작했다. 아이들의 집중력이란 것이 그리 길지 않기 때문에 얼마 가지 않아 이른바 '엄마표 필사'는 끝이 났다. 하지만 그날의 경험으로 아이는 '나도 엄마처럼 필사를 해봤다'라는

뿌듯함을 갖게 되었다. 최근에 온라인 필사 모임을 운영하면서 아이들이 엄마를 따라한다는 얘기를 종종 듣게 된다. 세상에서 제일 사랑하는 엄마가 무엇인가 즐겁게 하는 모습은 아이들에게 최고의 자극이 되는 것이다.

나는 누구보다 아이들이 책을 즐기고 좋아하기를 바라는 사람이지만 억지로 읽으라고 강요하지 않는다. 그저 한 달에 한두 번씩 남편과 함께 아이들을 서점에 데리고 가서 책을 고르는 즐거움을 느끼게 해준다. 아무리 많은 사람들이 추천해주더라도 내가 끌리지 않는 책은 재미가 없듯이 아이들도 스스로 맘에 들어 구입한 책은 열심히 읽었다. 그리고 무엇보다 엄마인 내가 독서하고 필사하는 모습을 자주 보여주었다.

첫째가 초등학교에 입학하고 담임선생님과 첫 학부모 면담하던 날의 뿌듯했던 기분을 잊을 수가 없다.

"아이가 평소에 책을 많이 읽나 봐요. 어휘력이 좋고 지적 호기심이 왕성하네요."

그날 선생님이 해주신 다른 어떤 칭찬보다 더 기분이 좋았다. 책을 좋아하는 아이로 키우고 싶다는 꿈이 실현되는 순간이었으니까.

아이를 원하는 모습으로 키우고 싶은가? 그렇다면 나부터 변해야 한다. 엄마가 좋은 습관을 만들고 지켜나가는 것만큼 효과적인 방법은 없다. 귀여운 '엄마 따라쟁이'들은 일부러 시키지 않아도 궁금해하며 따라할 것이다. 어쩌면 그것이 이 시대의 신사임당이 되는 길이 아닐까?

필사의 유효 기간

누군가를 사랑하게 되면 하루 온종일 그 사람 생각만 나고 보고 싶어진다. 돌이켜 생각해보면 내가 필사에 처음 빠졌을 때도 그런 비슷한 감정을 느꼈던 것 같다. 마치 이제 막 연애를 시작한 사람처럼 순간순간 필사가 그리워지곤 했다. 잔잔한 음악과 따뜻한 커피 한 잔을 준비하고 차분히 노트에 한 자 한 자 옮겨 적는 그 시간이 정말 좋았다. 필사를 하면서 '어쩜 이렇게 멋진 문장을 쓸 수 있을까?' 감탄하기도 하고, 때로는 '왜 작가는 이런 생각을 했을까?' 궁금해하기도 했다. 필사는 느린 독서이자 몰입의 시간이고, 명상의 시간이다.

하지만 아무리 좋아하는 취미가 있다 하더라도 현실적으로 육아맘들은 자기만의 여유로운 시간을 갖기가 쉽지 않다. 대부분 꿈 같은 이야기로 느껴질 것이다. 요즘 '육퇴' 혹은 '육퇴후자유시간'이라는 해시태그를 인스타에서 종종 보게 된다. 그만큼 육아와 살림만으로 하루가 꽉 찬 주부들이 오롯이 혼자만의 시간을 갖기를 얼마나 갈망하는지를 알 수 있다.

나의 경우 새벽 기상으로 그 시간을 마련하고 있다. 아이들과 베드타임 독서 후 가급적 일찍 잠자리에 드는 편이다. 혼자만의 시간도 좋지만 수면 시간이 너무 부족하게 되면 체력적으로 힘들기 때문이다. 새벽 기상이 완전히 습관이 되기 전까지는 알람이 울려도 바로 일어나지 못했다. '오늘은 피곤한데 그냥 조금만 더 잘까?' 하면서 잠시 밍기적거릴 때도 있었다.

　그럴 때면 일부러 필사하는 모습을 머릿속에 떠올리며 '지금 일어나야 나만의 평화로운 시간을 즐길 수 있다'고 나를 설득했다. 필사는 꾸준히 새벽 기상을 실천하게 만드는 원동력이 되었다. 이쯤 되면 '미라클 모닝'이 아니라 '미라클 필사'라고 부르는 편이 맞을지도 모르겠다.

　필사를 꾸준히 해오다 보니 주변에서 가끔 '필사를 왜 하세요?'라는 질문을 받을 때가 있다. 물론 앞서 밝힌 '기억력 감퇴'로 인한 것이 기본적인 원인과 이유라고 할 수 있겠다. 하지만 요즘에는 그 질문에 '그냥 좋아서요'라고 대답한다. 누군가를 사랑하는 데 특별한 이유가 없듯이 필사 그 자체가 좋은 것이다. 그리고 꼭 한 번 해보라고 권유하는 것도 잊지 않는다. 특히 사람 사이의 문제로 상처를 받아서 어떤 말도로 위로가 되지 않는 날. 자신이 좋아하는 시 혹은 노래 가사라도 짧게 필사를 해보는 것이다. 천천히 필사하는 동안 화가 나고 미워했던 마음이 점점 가라앉는 것을 느낄 수 있다.

필사의 매력에 푹 빠져서 갑자기 많은 양의 글씨를 매일 쓰다 보니 때로는 어깨와 팔에 통증이 느껴지기도 했다. 사랑도 너무 집착하면 문제가 생기듯이, 필사와 사랑에 빠진 내 몸도 오랫동안 사용하지 않던 근육들을 한꺼번에 풀가동하다 보니 그랬던 것 같다. 그럼에도 불구하고 파스 투혼까지 해가며 필사를 했었으니 풋풋한 사랑에서 거의 '미저리' 수준이 되었다고 할까. 남녀 간 사랑의 유효 기간은 약 2년 6개월 정도라는 것을 어디선가 들은 기억이 난다. 하지만 필사에 대한 나의 사랑은 시간이 갈수록 더 깊어지기만 할 뿐이니 유효 기간은 따로 없을 것 같다.

필사에 좋은 몸의 자세

필사가 좋아서 무턱대고 시작했을 무렵 정신적인 만족감과는 별개로 육체적인 고통을 맛봐야 했다. 어깨와 목의 통증이었다. 처음에는 오랜만에 글씨를 써서 그런가 보다 하고 대수롭지 않게 넘겼다. 평소 숨쉬기 운동만 하던 사람이 갑자기 고강도 인터벌 트레이닝을 하면 근육통에 시달리는 법이니까. 사실 몸이나 건강과 같은 주제에 대하여 관심을 가져야 하는 나이임에도 불구하고 별다른 고민을 하지 않았다. 단순히 다양한 파스의 효과를 경험하는 날이 반복되고 있었다.

하루는 식탁에 앉아 필사를 하고 있는데 (어깨에는 한방 향이 풍기는 파스를 붙인 채였다.) 어린이집에서 하원한 둘째가 색연필과 종이를 가지고 오더니 앞에 앉았다. 엄마를 닮아서인지 아이들이 손으로 뭔가를 만들고 그리는 것을 좋아한다. 꼬물꼬물 그림 그리는 모습이 귀여워서 지켜보다가 나도 모르게 아이의 자세에 대해 지적하고 있다는 것을 깨달았다.

그 순간 나의 통증의 원인은 잘못된 자세에서 비롯된 것이구나 하는 생각이 스쳐지나갔다. 이왕이면 예쁘게 쓰고 싶은 마음에 글씨체에 집중하다 보니 기본적인 것을 신경 쓰지 않았던 것이다. 잔뜩 힘을 주고 고개를 숙인 채 거북이 자세로 매일 한 시간 이상 필사를 했으니 어깨가 뭉치는 것은 어쩌면 당연한 결과였다.

그렇다면 바른 자세로 필사를 하려면 어떻게 해야 할까? 우선 책상이 너무 높지 않아야 한다. 책상이 지나치게 높으면 어깨에 무리가 온다. 그러다 보면 손의 힘을 적절히 조절하기가 어려워 필기구를 제대로 고정하기 어렵다. 두 번째로 의자 끝까지 깊숙이 앉고 걸터앉지 않는다. 만약 의자 끝에 걸터앉아 오랜 시간 필기를 하게 되면 허리에 통증이 생긴다. 마지막으로 가장 중요한 것은 고개를 과하게 숙이지 않도록 하는 것이다. 이런 자세는 어깨에 힘이 들어가서 통증을 유발하고 몸이 쉽게 피곤해진다.

필사에 좋은 자세

1. 책상이 너무 높지 않아야 한다.
   책상이 지나치게 높으면 어깨에 무리가 와서
   손의 힘을 조절하기 어렵고 필기구를 고정하지 못해
   글씨를 제대로 쓸 수 없다.

2. 의자 끝에 걸터앉지 말고 안쪽 깊숙이 앉아야 한다.
   그렇지 않고 의자 끝에 걸터앉아
   오랜 시간 필기를 하게 되면 허리에 통증이 생긴다.

3. 고개를 과하게 숙이지 말아야 한다.
   가장 중요한 포인트!
   그런 자세는 어깨에 힘이 들어가서
   통증을 유발함과 동시에 몸이 쉽게 피곤해진다.

자세의 중요성에 대해 깨달음과 동시에 그날부터 바로 자세 교정에 들어갔다. 의식을 하고 있음에도 몰입하다 보면 나도 모르게 고개가 숙여지기 때문에 습관이 되기까지는 수시로 허리를 곧게 펴고 고쳐 앉아야 했다. 다행히 자세 교정을 실천해 나가는 동안 파스를 붙이는 횟수가 눈에 띄게 줄어들었다.

결국 '좋은 글씨는 바른 자세에서 나옵니다'라며 교장선생님 훈화 말씀 같은 결론으로 끝맺음해도 되겠지만, 여기서 나의 필사 꿀템을 하나 소개한다.

그것은 바로 '2단 독서대'이다. 일반적인 독서대와 달리 2단으로 되어 있어서 위에는 책이나 태블릿 등을 올려놓고 아랫단에는 노트를 놓고 필기를 할 수 있는 구조이다. 주로 수험생이나 공시생, 취준생 등 책상에 앉아 공부하는 사람들이 많이 사용한다.

2단 독서대의 가장 큰 장점은 각도가 조절된다는 것이다. 고개를 숙이지 않아도 편안하게 필기를 할 수 있어서 자연스레 자세를 교정해주는 효과가 있다. 꼭 시험공부가 아니더라도 그림을 그리거나 나처럼 필사를 좋아하는 사람에게도 매우 편리한 아이템이다. 요즘에는 책상의 상판 자체가 각도 조절되는 시스템 가구들도 많이 있지만 나는 2단 독서대에 충분히 만족하고 있다.

물론 일반적인 독서대에 비하여 가격대가 조금 높다 보니 '그냥 꾸준히 자세 교정하면 될 텐데 군이 사야 하나?' 하고 고민을 하기는 했다. 하지만 사용한 후부터 몸이 피곤하지 않으니 필사 시간이 더 즐거워졌고, 덕분에 글씨체도 더 반듯해졌다.

필사에 매력을 느껴 꾸준히 취미로 발전시키고자 한다면 꼭 기억하시라. 바른 자세! 그리고 파스 한 박스를 구입하기 전에 2단 독서대부터 검색해볼 것!

만년필 필사를 위한
필수 레시피

만년필 입문

"입문자는 어떤 만년필이 좋아요?"

만년필로 필사를 시작하려고 하는 분들에게 정말 자주 받는 질문이다. 그때마다 나는 심호흡을 한 번 하고 손가락을 먼저 풀어준다. 장문의 댓글을 작성하기 위한 준비 운동인 것이다. 물론 질문자 입장에서는 간단히 브랜드명 정도를 알고 싶다는 의도였기에 나의 세세하고 끝도 없는 설명에 놀라는 분들도 꽤 있다. 어쩌면 TMI[Too Much Information]라고 느낀 분도 있을지도 모르겠다.

만년필을 사랑하는 나로서는 일종의 사명감 같은 것을 가지고 있다. 물론 누가 시켜서 이러는 것도 아니다. 만년필의 매력을 알리고 좀 더 쉽게 만년필에 입문할 수 있도록 돕고 싶은 순수한 마음에서 비롯된 것이다. 사실 만년필은 기본적인 상식을 모른 채 무턱대고 구입했다가는 몇 가지 불편함으로 인해 방치되기 쉬운 필기구이다. 나 또한 만년필에 처음 관심을 가졌을 당시 인터넷 검색을 많이 하며 기본적인 닙(펜촉)의 종류에서부터 잉크 충전 방식, 브랜드별 특징이나 차이점, 관리 요령 등에 대해 엄청 공부했다.

우선 우리가 쉽게 접할 수 있는 볼펜과 비교해보자면 만년필은 그 구조부터가 다르다. 볼펜은 말 그대로 펜 끝에 작은 볼이 달려 있어, 필기를 할 때 이 볼이 360도 회전하면서 종이에 잉크를 묻히게 된다. 이런 방식은 종이의 질이 안 좋아도 잘 써지는 장점이 있긴 하지만, 손에 힘을 주고 쓰게 되므로 장시간 필기시에는 피로감이 클 수 있다.

반면에 만년필은 피드를 통해야 잉크가 펜촉으로 흘러들어가는 구조라서 힘을 빼고 써도 부드럽게 잘 써진다. 이런 점 때문에 필기량이 많은 학생이나 공시생들에게 만년필을 추천하는 것이다. 또한 만년필은 회전하는 볼이 없기 때문에 자신이 의도한 대로 획을 긋기가 쉽다. 그래서 만년필을 오래 사용할수록 글씨를 교정하는 효과도 볼 수 있는 것이다.

또 볼펜과 달리 만년필은 잉크를 원하는 대로 교체할 수 있다는 점도 큰 장점이다. 기분이나 계절의 변화에 따라 원하는 잉크를 채워서 필기를 할 수 있다는 것은 만년필이 지닌 큰 매력이다.

무엇보다 자연스럽게 흘러나오는 잉크 덕분에 부드럽게 써지는 만년필의 필감은 볼펜과 비교할 수 없다. 글씨를 쓸 때마다 '사각사각'거리는 기분 좋아지는 ASMR 효과와 더불어.

물론 볼펜의 편리성이나 가격에 비하면 만년필은 매우 비싸고 까다로운 필기구이다. 과거에 만년필이라고 하면, 보통 드라마나 영화에서 성공한 CEO들이 멋지게 서명하는 장면이 떠올려지면서 비싸다는 인식이 강했다. 그렇지만 요즘에는 저렴한 가격대의 실용적인 만년필들이 생산, 판매되면서 그 문턱이 많이 낮아졌다. 굳이 비싸거나 유명한 만년필이 아니어도 나에게 맞는 만년필을 찾으면 그것이 가장 좋은 만년필이 될 수 있다. 나 역시 아직도 만년필에 대해 배워 나가는 중이지만 이제 막 관심을 갖게 된 일명 '만린이' 분들을 위해 꼭 필요한 기초 상식을 몇 가지 정리해보았다. SNS 댓글이나 문자로 문의해 올 때마다 최대한 간략히(?) 설명하느라 늘 아쉬움이 남았다. 드디어 마음껏 설명할 수 있게 되어 너무 신난다.

닙 (펜촉)

보통 만년필의 이미지를 떠올릴 때 가장 먼저 생각나는 것은 바로 닙이다. 이것은 일반 필기구와 차별되는 만년필의 생명과 같다.

닙은 소재와 굵기에 따라서 필기감에 큰 차이를 보인다. 일반적으로 10만원 이하 가격대의 만년필인 경우 스테인리스 스틸을 닙의 재료로 사용한다. 20만원 전후반 가격대로 갈수록 닙의 재료로 금이 사용되는데 금의 함량이 높을수록 만년필은 당연히 비싸진다. 금 자체가 무른 금속인 만큼 스틸닙보다 조금 더 부드러운 경향이 있지만 금닙이라고 무조건 필감이 더 좋은 것은 아니다.

스틸닙 컬러는 보통 은색이지만 도금을 하여 금색인 경우가 있고, 금닙이라도 역시 도금을 하는 경우도 있으니 색으로 소재를 구별하기는 어렵다. 다만, 금닙의 경우 14K, 18K, 21K 식으로 금의 함량이 닙에 각인되어 있다.

개인적으로는 투톤 컬러에 예쁜 무늬가 인그레이빙된 금닙을 선호하는 편이지만 외관이 화려할수록 고가이므로 때로는 디자인이 아무리 맘에 든다 하더라도 주머니 사정을 고려하여 개인 취향을 내려놓게 되기도 한다.

　닙의 굵기는 가장 얇은 순서부터 나열하자면 EF^{Extra Fine} 부터 F^{Fine}, M, B 순이다. 더 세분화하자면 더 다양한 닙이 있지만, 이 정도만 알고 있어도 충분하다. 여기서 반드시 기억해야 할 것은 같은 EF닙이라도 제조회사 간의 차이가 있다는 것이다. 예를 들자면 같은 EF닙이라도 유럽 제품보다 일본에서 제조된 만년필이 훨씬 더 가늘게 써진다.

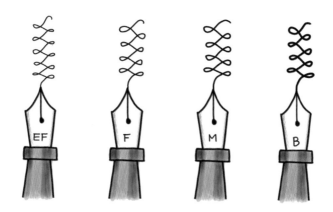

　따라서 글씨체가 작은 편이고 다이어리에 쓸 용도라면 일본의 대표적인 3사 파이로트, 플래티넘, 세일러 제품 중에서 골라

보는 것을 추천한다. 필감으로 비교하자면 닙이 얇을수록 사각거리는 느낌이 크다. 그래서 일명 '버터 필감'이라고 불리는 만년필 특유의 부드러운 느낌은 보통 M닙 이상에서 느껴진다.

닙의 사이즈는 용도와 개인 취향에 따라 선택할 수 있는데 개인적으로 입문자에게는 EF 혹은 F닙을 추천한다. 평상시에 볼펜에 익숙하던 사람은 F닙 이상은 너무 두껍다고 느낄 수 있기 때문이다. 더군다나 획이 많은 한글의 경우, 글씨가 답답하게 느껴질 수 있다.

잉크 주입 방식
(카트리지, 컨버터, 피스톤 필러)

만년필은 잉크를 충전하여 사용이 가능한 필기구로서 다양한 방식의 충전 방법이 있다.

첫 번째는 '카트리지'라고 하는 일회용 잉크통을 만년필에 끼워서 쓰는 방식이다. 이것은 볼펜심을 갈아 끼우는 것처럼 손쉽게 사용이 가능하지만, 다양한 잉크를 사용하기 어렵고 병 잉크를 충전해서 쓰는 것에 비해서는 경제적인 측면에서 실용적이지 않다.

개인적으로 펜촉을 병에 넣고 잉크를 빨아들이는 아날로그적인 감성을 좋아해서 카트리지는 거의 사용하지 않는다. 다만, 외출 시 혹은 여행을 갈 때처럼 병 잉크를 가지고 다니며 충전하기 곤란한 상황에서는 매우 편리한 방법이라고 할 수 있다.

두 번째로 보편적인 잉크 주입 방식은 '컨버터'를 사용하는 것이다. 이것은 말하자면 위에 설명한 카트리지에 피스톤이 달린 형태로 손잡이를 돌려서 잉크를 충전하는 방식이다. 간혹 주사기처럼 잡아당겨서 충전하는 것도 있다. 카트리지와 달리 취향에 맞는 잉크를 만년필에 직접 채워서 사용할 수 있다.

대부분의 만년필이 카트리지와 컨버터 겸용으로 사용이 가능하며 보통 만년필을 구입하면 카트리지 1~2개는 기본 구성으로 되어 있다. 다만 컨버터의 경우 별도로 구매해야 하는 제품도 있다.

마지막으로 '피스톤 필러'가 있다. 이것은 만년필의 몸통이라고 할 수 있는 배럴 자체에 잉크를 충전하는 것으로 한 번에 많은 양의 잉크를 주입할 수 있는 장점이 있다. 필기량이 많은 사람들이 이 방식을 선호한다.

주로 펠리칸, 몽블랑 같은 유럽의 고급 브랜드에서 채용해 왔지만, 최근엔 만년필 유저들 사이에 '갓성비'로 인정받고 있는 '트위스비'에도 이 방식을 채용하고 있다. 그럼에도 불구하고 5

만원 미만의 부담 없는 가격과 깔끔하고 투명한 배럴의 디자인까지 갖추고 있으니 과연 만년필계의 '대만의 실수'라고 불릴 만하다.

그 외에도 몇 가지 독특한 잉크 주입 방식이 있으나 위에 설명한 세 가지가 가장 일반적으로 사용되고 있다. 나의 경우 필기량이 많은 타입인 만큼 피스톤 필러 방식을 선호한다. 반대로 필기량이 적거나 잉크 색을 자주 바꾸고자 하는 사람인 경우에는 이 방식이 좀 부담스러울 수 있다.

입문자들에게 권하고 싶은 순서는 이렇다. 먼저 카트리지와 컨버터 겸용 방식의 만년필을 구입한다. (간혹 카트리지 전용 만년필이 있으므로 주의!) 먼저 기본 구성품인 카트리지 한 개를 써보면서 만년필에 대하여 조금씩 알아간다. 그후에 좋아하는 컬러의 병 잉크를 준비하여 컨버터를 이용해 충전해보면서 만년필 쓰는 재미를 느껴보는 것이다.

관리 방법

만년필은 다른 필기구와 달리 '길들인다'라는 표현을 쓴다. 그만큼 애정을 갖고 손이 많이 가더라도 정성을 들이며 관리해주어야 하는 필기구다. 기본적으로 최소 2~3개월에 한 번은 세척을 해주어야 한다. 잉크 찌꺼기로 인하여 만년필의 내부가 막히거나 흐름이 좋지 않은 경우가 발생할 수 있기 때문이다.

세척하는 방법은 생각보다 어렵지 않다. 미지근한 물을 컵에 담아 닙을 담근 후에 컨버터로 여러 차례 물을 주입했다가 뱉는 식이다. 깨끗한 물이 나올 때까지 반복해 주고 세척이 끝나면 부드러운 천이나 휴지로 물기를 닦은 후 건조시켜 준다.

여담이지만 만년필 덕후로서 나는 이 과정도 매우 즐기는 편이다. 만년필에 남아 있던 잉크가 물과 만나서 만들어지는 아름다운 무늬와 컬러를 보는 것이 재미있다. 만년필을 깨끗하게 세척한 후에 부드러운 천으로 닦아줄 때는 마치 아기를 목욕시킨 후에 소중히 닦아주는 기분이 든다. 한 번은 내가 만년필을 세척하는 모습을 우연히 지켜본 남편이 만년필이 그렇게 좋으냐면서 신기한 듯이 묻기도 했다.

간혹 잉크를 주입해놓은 상태로 오랫동안 사용하지 않아서 굳은 경우에도 미지근한 물에 펜촉을 잠시 담갔다가 쓰면 부드럽게 쓸 수 있다. 만년필을 사용한 후에는 잉크의 마름 현상을 막기 위해서 반드시 캡(뚜껑)을 닫아주어야 한다.

만년필은 필압에 섬세하게 신경 써야 한다. 만년필은 힘을 주지 않아도 잘 써지는 필기구인데도 볼펜을 쓰던 습관이 남아 있어서 힘을 주기가 쉽다. 과한 필압은 닙의 수명을 짧게 하므로 주의해야 한다. 이런 이유로 나는 처음 만년필을 구입하는 분들에게는 상대적으로 단단한 스틸닙을 추천한다.

만년필은 파지법도 중요하다. 잘못된 파지법은 닙이 망가지는 원인이 된다. 360도 아무 곳이나 쥐고 써도 되는 다른 필기구와 달리 만년필은 방향이 정해져 있다. 닙의 앞면이 보이도록 한 채 (뒷면에는 피드라고 하는 플라스틱이 있다.) 각도는 약 45~55도 정도로 잡아준다.

만년필은 예민해서 충격에 약하고 쉽게 파손되므로 주의해야 한다. 책상 위에 올려놓았던 소중한 만년필을 실수로 바닥에 떨어뜨리기라도 한다면! 만년필의 심장인 닙이 휘어지거나 심할 경우 부러질 수도 있다. 상상만 해도 아찔하다. 전용 파우치나 홀더, 트레이 등을 이용하여 보관해주는 것이 안전하다. 나는 필사를 마친 후나 중간에 잠시 쉬어줄 때도 꼭 파우치에 넣어서 충격으로부터 보호해주고 있다. 그래도 사람 일이란 알 수 없는 것이기에 만일 만년필을 사용하다가 이상이 생길 경우에는 반드시 AS센터로 문의하는 것이 좋다. 혼자서 고쳐 보겠다고 애쓰다가 더 망가질 수 있으므로.

혹시나 여기까지 읽고 나서 지레 겁먹고 일찌감치 포기하는 사람이 있을까 봐 살짝 걱정이 되기도 한다. 처음부터 세심한 관리를 요하는 비싼 만년필을 구입할 필요는 없다. 가까운 문구점에서 카트리지만으로 사용이 가능한 몇 천원대의 저렴한 제품을 먼저 사용해보는 것도 좋은 방법이다.

물론 가격에 따라 그 차이는 분명히 있지만 볼펜과는 다른 만년필만의 필감은 느껴볼 수 있을 것이다. 만년필의 아날로그적인 감성이 맘에 들었다면 점차 나에게 맞는 만년필을 찾아가면 되는 것이다. 그러는 동안 그 까다로워 보이는 관리법마저 매력으로 느껴질 것이라고 장담한다. 무엇보다 세상에 하나뿐인 나만의 만년필로 길들여 가는 과정 자체를 즐겨 보길 바란다.

구입처

만년필을 구입할 수 있는 곳은 크게 오프라인 매장, 온라인 펜숍, 중고, 해외 직구로 나눌 수 있다. 가장 안전한 방법은 물론 직접 만져보고 써보면서 필감을 느껴보는 것이다. 대형서점이나 백화점 내에 있는 만년필 매장에 가면 시필이 가능하다. 나도 가까운 교보문고에 가면 책을 구입한 뒤에 참새가 방앗간을 그냥 못 지나가듯 꼭 들러서 구경을 하고 온다. 하지만 전용매장이라도 모든 브랜드의 제품을 갖추고 있는 것이 아니므로 이런 경우 온라인 펜숍을 이용하여 구입하면 된다.

온라인 펜숍은 여러 곳이 있는데 개인적으로 주로 이용하는 곳은 '베스트펜', '펜카페', '명동몰' 등이 있다. 온라인 구매 시에는 무조건 저렴한 곳보다는 오프라인 매장을 동시에 운영하고 있거나 기존 구매자들의 상품 후기를 읽어보고 믿을 만한 곳을 선택해야 한다.

중고 거래의 경우 중고나라, 당근마켓, 각종 문구 커뮤니티 등에서 가능하다. 운이 좋으면 컨디션 좋은 제품을 저렴하게 구입할 수 있는 이른바 '득템'의 기회가 있기도 하다. 하지만 판매자의 양심에 따라서 크게 좌우되는 경우도 있기 때문에 입문자에게는 권하지 않는 방법이다.

더군다나 만년필은 필기 습관에 따라서 닙이 미세하게 마모되면서 말 그대로 길들여지는 특징이 있기 때문에 사용감이 있는 만년필이라면 가격이 아무리 좋더라도 추천하지 않는다.

나의 경우 가끔 단종된 한정판을 구경하러 중고 카페에 들어가기도 한다. 한정판 만년필은 재테크의 수단으로 중고 거래를 하는 사람들도 꽤 있기 때문이다. 구경하다 보면 브랜드별 중고 시세나 트렌드 등을 알 수 있어서 흥미롭고, 나름 공부가 되기도 한다.

하지만 좋은 가격의 중고품을 보면 나도 모르게 '드릉드릉' 시동이 걸릴 때도 있다. 한번은 만년필을 구경하던 중에 잉크를 좋은 가격에 내놓은 판매자를 발견했다. '이로시즈쿠'라고 하는 파이롯트사의 제품인데 전부터 예뻐서 관심이 있던 잉크였다. 보관 중에 실수로 잉크병이 깨져 다른 병에 옮겨 담았다면서 손실된 양을 고려하여 정가보다 훨씬 저렴한 가격에 판매한다는 사연이었다.

중고시장이 워낙 복불복인 곳이라서 조심해야 하지만 나쁘지 않은 것 같아서 판매자에게 연락 후에 구매를 했다. 그런데 판매자가 '쿨 거래'에 대한 감사의 의미로 저렴이 만년필을 한 자루 같이 보내주겠다는 것이었다.

잉크와 함께 온 것은 투명한 배럴에 아이드로퍼타입의 중국산 만년필이었다. 기존에 있던 만년필들은 모두 잉크가 충전된 상태였기에 별 생각 없이 동봉되어 온 만년필에 잉크를 채워 시필해보았다. 응?! 기대감이 전혀 없어서 그랬는지 모르겠지만 예상외로 필감이 좋아서 깜짝 놀랐다. 이베이^{ebay}에 검색해보니 한화로 약 3천원 정도 하는 만년필이었다. 중고로 구입한 잉크 덕분에 중국 만년필에 대한 선입견도 깨주는 훈훈한 경험이었다.

마지막으로 해외 직구의 방법이 있는데 배송 기간은 길지만 만년필을 좀더 저렴하게 구매할 수 있다는 장점이 있다. 그렇지만 중고거래와 마찬가지로 복불복의 제품을 구매할 수 있고 무엇보다 AS가 어렵기 때문에 입문자에게는 추천하지 않는다.

구입 순서와 추천 제품

만년필에 대한 기초 상식을 습득했다면 지름신이 내리기 전에 몇 가지 순서를 정하여 본인에게 알맞은 만년필을 찾아보자.

첫 번째로 중요한 것은 예산을 정하는 것이다. 만년필은 몇 천원부터 수백만원에 이르기까지 다양한 가격대의 제품이 있는 만큼 예산에 맞게 범위를 정하는 것이 좋다.

두 번째는 닙(펜촉)의 사이즈와 소재를 선택하는 것이다. 거듭하여 말하지만 입문자일 경우는 얇은 편에 속하는 EF나 F촉 중에서 고르는 것을 추천한다. 볼펜에 익숙해져 있는 사람일수록 필압의 조절이 어려우므로 소재는 금닙보다는 상대적으로 강성인 스틸닙이 다루기 편할 것이다.

마지막으로 구입할 브랜드를 결정하면 된다. 하지만 다양한 가격만큼이나 그 종류가 워낙 많다 보니 선택하는 데 어려움을 겪을 수 있다. 그래서 내가 직접 사용해본 만년필 중에서 입문자에게 추천하고 싶은 몇 가지를 정리해보았다. 참고가 되면 좋겠다.

초저가형 만년필 중에는 일본 플래티넘^{Platinum}의 프레피^{Preppy}를 추천한다. 가격은 2~3천원 정도로 카트리지를 끼워서

바로 사용이 가능하므로 매우 편리하다. 저렴한 만큼 디자인은 일반 볼펜과 차이가 없을 정도로 심플하다. 하지만 설립된 지 100주년이 넘는 유명한 회사의 제품답게 시필시 필감이 매우 좋다. 또한 세필이라서 잉크가 잘 번지지 않기 때문에 가볍게 노트나 다이어리 작성용으로 좋다. 나 역시 늘 책상에 한 자루씩 놓고 편하게 메모할 때나 다이어리를 작성할 때 자주 사용하고 있다. 치명적인 단점이라면 캡(뚜껑)이 외부 충격에 약하다 보니 파손되기 쉽다는 것이다. 그 점을 제외하면 가성비로 따져 봤을 때 상당히 괜찮은 제품이다.

인터넷으로 '입문용 만년필'을 검색해보면 가장 많이 나오는 제품은 라미 사파리$^{Lamy safari}$이다. 독일 제품으로 가격은 3~5만원대이며 많은 사람들이 사용하고 추천하는 만큼 가격 대비 필감, 디자인, 실용성 면에서 좋은 제품임이 분명하다. 하지만 비슷한 가격대라면 개인적으로는 다음의 세 가지 제품을 추천하고 싶다. 바로 트위스비 에코^{Twsbi Eco}, 카웨코 스포츠 클래식^{Kaweco Sport classic}, 프로시언^{Procyon}이다.

트위스비 에코는 4~5만원대로 대만 브랜드이다. 앞서 잉크 주입 방식에서도 잠깐 소개했지만 여러 가지 장점을 가지고 있는 매력적인 제품이다. 우선 만년필의 배럴(몸통)이 투명해서 잉크의 잔량을 쉽게 확인할 수 있고, 어떤 잉크를 채우느냐에 따라 만년필이 달라지는 느낌도 재미있게 즐길 수 있다. 이렇게 투명한 배럴을 가지고 있는 제품을 '데몬 만년필'이라고 부르는데 특히 여름철에는 시원한 느낌이 나서 더욱 매력적이다.

닙은 스틸 소재로 필감은 적당히 사각거리는 편이다. 개인적으로 글씨가 쫀득쫀득하게 잘 써지는 기분이 들어 좋아한다.

무엇보다 이 가격대에 '피스톤 필러' 방식으로 되어 있는 점이 가장 큰 매력이다. 캡의 컬러도 다양해서 취향에 따라 고르는 재미도 있으니 위시 리스트에 올려놓고 살펴보길 바란다.

카웨코 스포츠 클래식은 독일 제품으로 가격대는 3~4만원 대이다. 휴대가 편리한 용도로 만들어진 만큼 무게가 가볍고 아담해서 포켓펜으로 잘 알려져 있다. 유럽 제품임에도 불구하고 세필의 필감을 보여주는데 같은 나라 출신인 펠리칸Pelikan과 비교해봐도 카웨코 쪽이 훨씬 가늘게 써진다. 캡이 팔각으로 되어 있어서 필사를 하다가 잠시 내려놓아도 바닥으로 굴러 떨어지는 대참사를 막을 수 있다. 개인적으로 아쉬운 점은 크기가 작은 만큼 한 번에 충전되는 잉크 양이 적다는 것이다. 물론 이것은 개인 취향에 따라서 장점이 될 수도 있다.

마지막으로 프로시언은 일본 플래티넘사의 제품으로 가격대는 6~8만원 선으로 위에 소개한 제품들보다는 조금 비싼 편이다. 그럼에도 불구하고 추천하는 이유는 금닙이라고 느껴질 만큼의 탄력성과 기분 좋은 필감을 갖추고 있기 때문이다.

개인적으로 클래식한 디자인을 선호하는 편이기에 모던한 느낌의 프로시언은 외관만 봤을 때는 그다지 매력을 느끼지 못했다. 하지만 시필해본 뒤 그 필감에 매료되어 한동안 주력 펜으로 사용할 정도로 애정하는 만년필이 되었다.

플래티넘사에는 '슬립앤씰'이라고 하는 펜촉이 마르지 않도록 유지해주는 고유의 기술력이 있는데, 프로시언에도 이것이 적용되어 있다. 직접 실험해보지는 못했지만 1년에 한두 번만 사용해도 잉크가 마르지 않는다고 하니, 필기를 자주 하지 않거나 귀차니즘이 심한 사람에게는 큰 장점이 될 것이다.

10만원 이상의 가격대부터 일부 브랜드에서는 금닙을 채용하고 있다. 입문자의 경우 필감만으로 스틸과 금의 차이를 구분하기는 어렵기 때문에 어느 정도 필압을 조절하는 것에 적응된 이후에 금닙을 사용해보는 것을 추천한다.

만년필에 관심을 갖기 시작하면 누구나 고가의 만년필에 대한 로망을 갖게 된다. 소위 만년필 3대 브랜드라고 불리는 '몽블랑', '펠리칸', '파커' 외에도 화려한 디자인과 아름다운 닙으로 정신을 쏙 빼놓는 제품들이 부지기수다.

하지만 비싸다고 해서 무조건 좋은 만년필은 아니므로 소장용으로 간직하는 것이 아니라면 가격보다는 그립감이나 필감이 자기와 맞는 것을 고르는 것이 현명하다. 진정한 자신만의 만년필은 자신의 조건과 맞는 것을 심사숙고해서 선택한 후에 그것과 함께하며 점차 길들여 가는 과정 속에서 갖게 되는 것이다.

내 만년필의 단짝 노트

　만년필로 필사를 시작한 이후로 노트를 고를 때 가장 먼저 확인해보는 것이 있다. 바로 종이의 질이다. 만년필은 일반 볼펜이나 젤펜과 달리 수성 잉크를 사용하는 특징 때문에 필기를 하면 번지거나 뒷면에 심하게 비치는 경우가 있다. 그걸 모르고 일반 노트에 신나게 필사를 했다가는 만년필의 감성을 느끼기도 전에 스트레스부터 받을 수 있다.

　그렇다고 무조건 종이가 두껍다고 좋은 것은 아니다. 만년필에 사용할 노트를 구매할 때는 번짐이나 비침 정도, 종이의 코팅 상태와 잉크를 흡수하는 정도를 고려해야 한다.

모든 것은 종이가 안 맞아서이니 애먼 만년필을 탓하지는 말자! 그렇지만 대부분의 입문자들은 만년필에 적합한 노트가 따로 있다는 것을 알지 못한다. 나 역시 처음에는 이런 저런 다양한 노트를 써보면서 찾아 헤매었던 기억이 난다. 그 경험을 바탕으로 입문자들의 정신 건강을 위하여 몇 가지 노트 브랜드를 소개하고자 한다.

첫 번째 소개할 노트는 개인적으로 가장 선호하는 로이텀^{Leuchtturm}이다. 독일 제품으로 보통 만년필 유저나 불렛저널을 쓰는 사람들 사이에서 인기가 많은 브랜드이다. 사이즈와 내지의 구성에 따라 다양한 종

류가 있는데 내가 사용하는 것은 A5 크기의 줄 노트이다.

줄의 간격은 6mm로 일반 노트에 비하여 좁은 편에 속한다. 내지의 컬러는 은은한 미색으로 필사 시에 눈이 덜 피로하고 마음까지 편안해지는 기분이 든다. 양장 제본 방식이라 180도로 잘 펴지고 무엇보다 만년필로 필기 시 잉크 번짐이 없다. 뒷 비침은 약간 있지만 크게 신경 쓰일 정도는 아니다.

무엇보다 내가 로이텀 노트를 좋아하는 이유는 전체적인 디

자인에서 느껴지는 고급스러움과 클래식함 때문이다. 그리고 노트 하단에 페이지가 인쇄되어 있어서 필사를 하다 보면 마치 나만의 책을 만드는 기분이 든다. 한 가지 단점이라면 가격이 2만 원대로 비싸다는 것이다. 하지만 비싼 노트인 만큼 한 장 한 장 더 정성을 들여 필사하게 되는 장점이 되기도 한다. 구입은 온라인 쇼핑몰이나 교보문고 같은 대형서점에서 가능하다. 다만 동일한 상품이라도 판매처나 구입 시기에 따라서 약간씩 다르므로 할인 기간을 활용할 것을 추천한다.

두 번째는 프랑스 브랜드인 로디아Rhodia 노트이다. 종이의 코팅 정도가 매끄러운 편에 속하고 필기 시에도 부드럽게 잘 써진다. 그 영향으로 같은 만년필로 쓰더라도 로디아 노트에서는 좀더 가늘게 표현되는 특징이 있다. 로이텀과 마찬가지

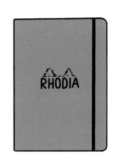

로 사이즈와 내지의 구성, 커버의 소재에 따라서 다양한 종류를 선택할 수 있다. 다만 그리드 내지를 선택할 경우 쨍한 백색의 종이에 그리드(격자무늬)가 생각보다 진한 보라색이라 당황할 수 있으니 참고하자.

무엇보다 가장 큰 장점은 어지간한 잉크는 대부분 소화할 정도로 번짐이나 비침에 강하다는 것이다. 비침에 예민한 사람이라면 로디아를 적극 추천한다. 다만 잉크를 흡수하는 시간이 조금 걸리므로 필기를 하자마자 문지르는 실수를 하지 않도록 주의해야 한다. 가격은 2만원대로(A5 사이즈 하드 커버 기준) 로이텀과 비슷한 수준이다.

마지막으로 추천하고 싶은 노트는 '어프로치'라고 하는 국내 브랜드이다. 심플하면서 깔끔한 디자인에 사철 제본 방식으로 180도 펼쳐도 걸림 없이 편안하게 필기가 가능하다. 내지는 스탠다드 페이퍼Standard Paper와 퀄리티 페이퍼Quality Paper 중에

서 선택할 수 있는데 만년필에는 후자가 적합하다.

내지의 컬러는 백색으로 로디아의 쨍함과 비교하면 좀 차분한 톤의 화이트이다. 그래서 나는 유색 잉크의 진정한 발색을 보고 싶을 때 어프로치 노트를 사용하고 있다. 필감은 로디아의 그것과 상반될 정도로 약간 뻑뻑한 느낌마저 드는 편이다. 그래서 미끄러지듯이 부드러운 필감을 선호하는 사람보다는 또박또박

느리게 필기하는 사람에게 더욱 잘 맞는다. 번짐이나 비침에 대해 거의 신경을 쓸 필요가 없고, 종이가 잉크를 흡수하는 시간도 매우 빠른 편이다. 무엇보다 어프로치의 장점은 가격이다. A5 노트 기준으로 5천원대로 구매가 가능하며 하드커버인 경우에도 약 1만원 정도이니 타 수입 브랜드와 비교했을 때 훨씬 저렴한 편이다. 앞서 설명한 필감에서 호불호가 갈릴 수는 있으나 꼭 한 번 써보라고 추천하고 싶다.

이 외에도 미도리, 몰스킨, 클레르퐁텐, 토모에리버 등 다양한 수입 브랜드의 노트가 있다. 번외로 옥스포드 리갈패드가 의외로 만년필에 잘 버티는 종이 품질을 가지고 있다. 다만 컬러가 심하게 노란색이라서 잉크의 색을 표현하기 어렵다.

개인적인 바람은 만년필 사용자가 점점 더 많아져서 국내에서도 저렴하고 질 좋은 노트가 많이 개발, 생산되는 것이다. 그런 이유로 나는 가끔 일부러 학창시절을 함께 했던 모닝글로리 노트를 구입해 본다. 완벽하진 않지만 가끔 잉크가 번지지 않는 노트를 발견할 때가 있다. 그럴 땐 마치 어릴 적 보물찾기에서 보물이 적힌 쪽지를 찾아낸 것처럼 혼자 신나 하곤 한다.

'만년필도 힘들게 골랐는데 이제 노트까지!'라고 생각할 수도 있지만 이것 또한 '만년필 생활'의 즐거움 중 하나라고 생각

한다. 만년필 필사를 꾸준히 즐기며 다양한 노트를 체험해보고 나에게 잘 맞는 노트를 찾아보자!

만년필 이벤트의 운

나는 당첨운이 지지리도 없는 편이다. 그것은 오래전 학교 앞 문구점에서 뽑기를 할 시절부터 이미 판명이 난 사실이다. 요즘 초등학생들의 뽑기는 500원짜리 동전을 넣고 돌리면 작은 장난감이 무조건 나오는 상당히 합리적인(?) 소비 형태이지만 '라떼는' 그렇지 않았다.

문구점 아주머니께 동전을 드리면 스테이플러로 작은 쪽지들을 찍어놓은 커다란 뽑기판을 내주셨다. 저 많은 쪽지들 가운데서 상품이 적혀 있는 것은 어떤 것일까? 한참을 고민한 끝에 가까스로 결정장애를 극복한 뒤 두근거리는 마음으로 단 하나의 쪽지를 선택한다. 결과는 늘 '다음 기회에'.

실패는 언제나 쓰라렸지만 쪽지에 적힌 대로 다음 기회가 있다는 희망을 가지고 빈손으로 돌아서곤 했다. 그렇게 학교 앞 문구점에서 꽝이란 꽝은 모조리 골라서 뽑아내던 어느 날, 한 아이가 1등을 뽑았다며 기쁨의 탄성을 지르는 모습을 목격했다. 전부 꽝만 있는 것은 아닐까 하는 의구심이 슬슬 생기던 차였기에 놀라지 않을 수 없었다.

그리고 과연 1등 상품은 뭘까 하고 궁금해졌다. 생각해보니 상품도 모른 채 그저 뽑기가 주는 긴장감과 재미 때문에 해왔던 것이었다. 기대감이 가득 찬 눈빛으로 서 있는 1등 당첨자에게 무덤덤한 표정의 문구점 아주머니께서 꺼내주신 것은 어른

팔뚝만한 크기의 잉어 모양 '엿'이었다.

어른이 된 이후로도 마찬가지였다. 복권 종류는 구입하지 않으니 해당 사항이 없다 하더라도 하다못해 주변 지인들의 돌잔치를 가도 경품 추첨에 단 한 번 뽑힌 적이 없다. 그런 내가 언젠가부터 당첨운이 좋다는 소리를 듣게 된 것이다.

현재 소장하고 있는 만년필, 노트, 잉크 중에서 이벤트에 참여하여 받은 것이 꽤 많다 보니 그런 소리를 들을 법도 하다. 그렇다면 어느 순간 타고난 나의 운이 바뀐 것일까? 그랬다면 더 좋았겠지만 결론부터 말하자면 이것은 SNS에서 틈새시장을 잘 공략한 덕분이다.

인스타그램에서 #만년필덕후, #문구덕후로 커밍아웃한 이후 관심사가 같은 분들과 소통하며 지낸 덕에 문구 관련 이벤트에 대한 소식을 자주 접하게 되었다. 또한 개인의 관심사와 쇼핑 성향까지 모조리 파악하고 있는 무시무시한(?) '빅데이터' 세상에 살다 보니 원하지 않아도 다양한 문구 브랜드의 광고를 수시로 보게 된다.

물론 응모를 한다고 해서 무조건 쉽게 당첨되는 것은 아니지만 타깃층이 문구를 좋아하는 사람으로 한정되어 있다 보니 일반적인 다른 이벤트에 비하여 당첨 확률이 높은 것이다. 특히 아직은 인지도가 높지 않은 중소규모의 업체들이 기획하는 이벤트라면 더욱 그렇다.

마케팅의 일환으로 정기적으로 경품 이벤트나 체험단을 선정하는 회사들은 필수적으로 팔로우를 해두는 것이 좋다. 응모하는 방법은 생각보다 어렵지 않다. 진행하는 업체가 요구하는 사항을 고려하여 이벤트 내용을 본인의 인스타그램에 공유하거나 간단한 댓글을 남기면 된다. 돈이 드는 일도 아니고 만일 선정이 된다면 기쁜 마음으로 경품 체험을 누리면 되고 안 되더라도 손해를 보는 것은 없다. 업체에서 리뷰를 원하는 경우 인스타의 특성에 맞게 예쁜 사진 한두 장과 함께 간단한 사용 후기를 남기면 되는 것이다. 간혹 후기가 필수 조건이 아닌 제품은 지인들에게 선물로 나눠주기도 하면서 나의 즐거운 취미 생활을 '전도'하는 기쁨도 맛본다.

'흠, 난 이렇게 찌질하게 경품 응모하는 것은 성격에 맞지 않아'라고 생각하는 사람도 있을 수 있다. 하지만 나의 경우 개인 취향으로 따지자면 굳이 구입하지 않았을 만년필이나 문구 등을 이벤트 덕분에 접하게 되면서 그 매력을 알게 된 경우도 많았다.

예를 들자면 앞서 추천했던 프로시언 만년필이 그랬다. 플래티넘사의 설립 100주년 기념 이벤트에 응모했다가 받게 되었던 것. 당시는 블랙&골드 조합이나 와인컬러처럼 차분한 톤의 클래식한 디자인에 꽂혀 있던 터라 모던한 느낌의 프로시언이 그다지 맘에 들지 않았다. 그런데 막상 시필해보고 편안한 필감과 내 손에 딱 맞는 그립감에 완전히 반해 버리게 되었다.

역시 사람이든 만년필이든 첫인상만 보고 판단하면 안 되는 것이다. '내돈내산'은 아니지만 몰랐던 만년필과 문구들을 직접 손으로 만져보고 느껴볼 수 있는 기회! 그런 이유로 나는 문구회사의 이벤트가 눈에 띄면 응모하는 것을 주저하지 않는다.

필사를 시작하는 방법

　필사라는 것은 말 그대로 책의 내용을 그대로 옮겨 적는 행위를 말한다. 필사를 하는 사람마다 각각의 동기는 다르겠지만 나의 경우는 좋은 문장을 오랫동안 기억하고 되새기고 싶은 이유로 시작하였다. 책을 읽는 동안 마음에 와닿는 부분들을 표시해두었다가 짧게 노트에 옮겨 적었던 것이 나의 첫 필사였다. 이른바 '발췌 필사'를 했던 것이다. 물론 책의 첫 장부터 끝 장까지 모두 옮겨 적는 '전체 필사'를 추천하는 사람도 있다. 하지만 개인적으로 이 방법은 우리 몸이 필사에 어느 정도 익숙해진 뒤에 천천히 시도할 것을 권한다.

필사를 '느린 독서'라고 하는 만큼 단순히 읽는 것으로 끝내는 것보다 더 많은 시간을 필요로 하는 것이 사실이다. 또한 스마트폰이나 컴퓨터 자판에 익숙해져 있던 사람에게 손글씨를 쓰는 것은 꽤나 정성이 필요한 일이다 보니 귀찮게 느껴질 수 있다. 하지만 필사를 하면 책을 보다 완벽하게 소화하는 경험을 할 수 있다. 그리고 필사해본 사람은 알겠지만 책장에 자신만의 독서 노트가 한 권, 두 권 쌓여가는 모습은 스스로에게 상당한 만족감을 준다. 또한 필사를 하다 보면 정확한 맞춤법과 띄어쓰기까지 연습하게 되는 효과도 있다.

그렇다면 과연 어떤 책으로 시작해야 할까? 간혹 필사라고 하면 지루하고 재미없는 것이라는 선입견을 갖는 경우가 있다. 그것은 굳이 시간을 들여 베껴 쓸 작정이라면 내용이 다소 어렵더라도 이왕이면 남들이 좋다고 추천하는 책을 골라야 한다는 생각 때문이다. 나는 단연코 자신이 좋아하는 장르의 책으로 시작하기를 추천한다. 인간은 어떤 경험이든 즐거워야 반복적으로 하고 싶은 생각이 들게 되어 있다. 관심이 없는 분야의 책은 사실 그냥 읽기도 힘든데 필사까지 해야 한다면 분명 며칠 못 가서 포기하기 십상이다. 자신이 좋아하는 장르가 소설이든 에세이나 시든 간에 읽자마자 가슴에 쿵하고 와닿는 바로 그 문장부터 옮겨 적는 것이다.

책에 따라서 필사하고 싶은 문장이 한두 문장일 때도 있고, 때로는 너무 많아서 선별해야 하는 상황도 생긴다. 이 많은 후보들 중에서 과연 내 노트에 당당히 올라갈 문장은 어떤 것이 될까 고민하는 과정 자체도 즐겨볼 수 있다.

완독 후에 문장을 고르고 노트에 옮겨 적는 일련의 과정을 통해 한 권의 책을 최소한 2~3번 읽게 되는 효과가 있다. 그저 읽는 데서 그치는 독서에 비하여 필사를 한 경우 훨씬 더 오랫동안 기억에 남는 이유가 바로 이 때문이다.

필사가 처음이라서 좀 막막하다면 시중에 판매되는 '독서 노트'를 이용해보는 것도 좋다. 노트의 내지에 책의 제목, 저자, 출판사, 인상 깊었던 문장, 느낀 점 등을 쓸 수 있도록 구성되어 있어서 편리하기 때문이다.

나도 한동안은 독서 노트를 이용하여 발췌 필사를 했었다. 퍼니메이드 *Funnymade* 에서 판매하는 페이버릿 파트 *Favorite Part* 노트인데 A5 사이즈에 은은한 미색 종이, 깔끔한 구성까지 개인적으로 만족도가 높은 제품이었다. 가끔 SNS를 통해 내가 사용하는 독서 노트를 궁금해하는 분들께 추천해 드리기도 했다. 안타까운 점은 만년필에 버티는 종이가 아니라서 한 권을 다 사용한 뒤로는 노트를 바꿀 수밖에 없었다.

취향에 따라서는 정해진 틀에 맞춰서 쓰는 것이 오히려 답답하게 느껴지는 사람도 있을 것이다. 그런 경우 줄이 없는 무지 노트를 구입해서 자유롭게 꾸미는 것도 필사를 즐길 수 있는 하나의 방법이다. 나 역시 발췌 필사 노트는 글씨만 쓰는 것보다는 기분에 따라서 각종 스티커나 마스킹테이프 등을 이용하여 마치 '다꾸' 하는 느낌으로 즐기고 있다.

정리하자면 남들이 훌륭하다고 칭송하거나 자신이 읽기에 어려운 책보다는 내가 좋아하는 책을 골라서 한 문장을 옮겨 적는 것부터 시작하자! 어느 순간 필사는 나를 기쁘게 하는 즐거운 취미생활로 자리잡게 될 것이다.

나만의 독서 필사 노트 만들기

the secret GARDEN

비밀의 화원

프랜시스 호지슨 버넷

YY/MM/DD 2020 / 5 / 5

P. 56

P.56 '여유맹키로 심술궃기도 하구먼! 거기서서 얘도 싫다, 쟤도 싫다. 조잘 대기만 할뿐이잖어. 그러고서 너 자신을 좋아할수 있었어?'

P.172 '열살이 되기전에 오렌지 한알 둘째는 누구의 것도 아니란걸 알았지. 아무도 조그마한 조각이상은 가질수없고 모두에게 골고루 돌아갈만큼 충분한 몫이 있는 것도 아니여. 통째로 혼자 움켜쥐고 껍질을 까려해 봤자 아무 소용없어. 그랬다간 씨앗도 먹지못할테니.'

P.211 '그러니 마법은 우리주변에 있어. 이 정원에, 그리고 어디에나.'

TITLE 인간의 흑역사

AUTHOR 톰 필립스   P. 49

p.49 농업으로 강산이 바뀌었고 동식물 종이 대륙간에 뒤섞였을 뿐 아니라
도시화와 산업화와 인간의 무분별한 쓰레기 투기습성으로 토양과 바
다와 공기가 모두 변해버렸다.

→ 20세기초 미국의 '더스트볼' 아랄해, 쿠야호가강, 태평양 거대쓰레기지대 등…

p.198 정말 식민지배덕분에 피식민국이 통치체제를 개혁하고 법치를 중시
하게되었는가? 영국, 미국정부와 수백건의 조약을 맺었지만 모두
파기당하고 땅을 빼앗긴 원주민들에게 가서 얘기해보라.

→ 아프리카 노예무역, 강제수용소수감, 일본의 위안부, 스페인의 엥코미엔다 제도 등…

p.335 이렇게 항생제는 균의 진화를 촉진하여 웬만한 항생제가 듣지 않는
'슈퍼박테리아'를 출현시키기에 이르렀고, 이로인해 과거에 기승을
떨쳤던 온갖질병들이 다시 창궐할 가능성이 있다.

p.327 케슬러 증후군 : 1978년 NASA의 과학자 도널드 케슬러가 처음 예견
한 현상. 인간이 우주에 계속 잡동사니를 버림 → 쓰레기는 우주선의
궤도와 똑같은 궤도와 비슷한 속도로 돌게됨 → 다른 쓰레기들과 충돌!
언젠가 우주의 쓰레기 밀도는 어떤 임계점에 도달하고 결국 우리지구는
초고속 쓰레기 띠사일의 거대한 장막으로 덮이게 된다는 것이다.

COMMENT 제목그대로 인간들이 역사적으로 이루어(?)냈던 바보같은 일들을
신랄하게 비판하는 책이다. 몰랐던 사실도 많이 알게되었고 환경적인
문제에 대해서는 많이 걱정되었다. 미래의 후손들을 위해 더이상 바보같은
실수 (특히 정치적이유, 개인적이득) 를 저지르지 않는 사회가 되었으면
한다. 자기비판 외 터너치는 금교씨라 재미있게 읽음ㅆ !

STEP 1. 완독하기

본인의 속도에 맞추어 책을 완독한다. 다만 그냥 읽는 것이 아니라 공감이 가는 문장 혹은 깨달음을 주는 내용을 발견하면 거침없이 표시를 해둔다. 포스트잇 플래그나 마스킹테이프 활용을 추천! 전자책이라면 하이라이트 기능을 사용한다.

STEP 2. 용어 검색, 순간의 느낌 기록

전문 분야의 책을 읽다 보면 모르는 용어들이 등장할 때가 있기 마련이다. 그럴 때는 궁금한 용어의 뜻을 검색하고 작은 메모지에 기록하여 책의 구석에 붙여 둔다. 모든 사람의 의견이 같을 수는 없는 법! 저자가 문제라고 인식하는 부분에 대해 반박하고 싶거나 순간적으로 떠오르는 생각이 있다면 역시 메모하여 붙여 둔다. 이것은 책을 읽다가 저자와 말다툼(?)을 하고 싶을 때 종종 내가 쓰는 방법이다.

STEP 3. 표시해 두었던 부분만 빠르게 재독하기

책을 읽으면서 표시해 두었던 부분만 다시 한 번 재독한다. 그중에서 노트에 옮겨 적고 싶은 문장을 선별해준다. 간혹 책에 따라서 표시해 두었던 페이지가 너무 많은 경우도 있다. 전체 필사를 할 것이 아니라면 그 중 좋았던 문장을 가려야 한다. 처음부터 책을 읽을 때 포스트잇 플래그의 색깔을 달리해서 중요도를 표시해 두는 것도 하나의 방법이다. 나는 이런 경우 문장들이 토너먼트 경기를 한다고 상상한다. 나를 조금 더 심쿵하게 했던 문장들이 결국에 승리하게 된다.

STEP 4. 기록하기

좋아하는 필기구를 준비하고 독서 노트에 옮겨 적는다. 이때 기본적으로 책의 제목과 저자, 출판사, 날짜를 써주고 선별하여 뽑아놓은 문장을 페이지 수와 함께 기록한다. 책을 통하여 느낀 점이나 깨달은 점을 함께 적으면 더 좋다. 의무감으로 하던 독후감 숙제가 아니므로 스트레스는 금물! 한 줄 감상평도 좋고 기분에 따라서 일기를 쓰듯 한 페이지 가득 써도 상관없다.

STEP 5. 꾸미기

마지막은 개인적으로 가장 좋아하는 순서이지만 취향에 따라서 생략이 가능하다. 간단히 스티커나 마스킹테이프를 이용하여 꾸며도 좋고 직접 그림을 그려 넣어도 좋다. 요즘에는 '다꾸러'들을 위한 다양한 아이템이 저렴하게 판매되고 있다. 독서 노트를 핑계로 소소한 문구류를 쇼핑하는 재미도 느껴보자! 평소 그저 읽기만 했던 독서 습관에서는 느껴보지 못한 즐거움을 경험할 것이다. 이것이 반복된 습관으로 자리잡게 된다면 시간이 흘러도 다시 한번 꺼내보고 싶은 자신만의 멋진 독서 노트가 만들어질 것이다.

TITLE **타이탄의 도구들**

AUTHOR 팀 페리스   P. 11

P. 11   성공은 당신이 그걸 어떻게 정의하든 간에, 올바른 경험으로 얻어진 믿음과 습관들을 쌓아가다 보면 반드시 성취할수 있다. 당신의 마음에 떠오르는 슈퍼히어로 들은 모두 걸어다니는 결점투성이들이다.

1. 잠자리 정리
2. 명상 (10분)
3. 한동작 반복 ex) 스트레칭
4. 차를 마셔라
5. 아침일기를 써라. (5~10분)

P. 65   토니로빈스 - 당신이 품고 있는 의문의 수준이 당신삶의 수준을 결정한다.

• 아침 10분 ① 호흡하며 걷기 ② 3가지 사실에 감사하기. ③ 성공을 위한 3가지 꿈 - 이루어진 모습 상상하기.

P. 202   디로딩 (deloading) 타임을 가져라! 우연히 얻어진 것이 아니라 의도적으로 확보한 여유의 시간이 그 답을 찾아줄것이다.

P. 237   바쁨은 존재의 확인이자 공허함을 막아주는 울타리 역할을 한다. 우리가 `바쁘다`는 말을 달고사는 이유는, 우리가 지금하고 있는 일의 대부분이 그다지 중요하지 않다는 사실을 가리기 위한 과장된 피로는 아닐까?

BOOK

- 사피엔스
- 싯다르타
- 불쌍한 찰리이야기
- 설득의 심리학
- 죽음의 수용소에서

P. 246   당신은 혼자가 아니며 당신이 생각하는 것보다 훨씬 더 나은 사람이다. 도전하라!

COMMENT 최근 동기부여 관련 책을 연쯕적으로 읽고있다. 이 책도 워낙 유명한 자기계발서라서 선택했다. 역시 자극과 공감이 되는 내용이 많았고 이 책을 통해 아침명상을 시작하게되었다. 습관이 될수있 ~~도록 꾸준히 해봐야 겠다.~~

만년필 필사를 하면 좋아지는 것들

스트레스 펀치

"너 그러다 몸에서 사리 나온다."

승려도 아닌 나한테서 사리가 나온다니 이게 무슨 소리인
가 하면, 두 아이를 키우는 동안 큰소리 한 번 내지 않는 내 모
습에 놀라워하며 친정언니가 자주 했던 말이다. 나는 아이들이
지금보다 어릴 때 무언가를 엎지르거나 집안을 어질러 놓아도
혼내지 않았다. 누군가는 그런 나를 보고 원래 화를 내지 못하
는 성격이냐며 묻기도 했다. 물론 아니다. '아직 말도 제대로 못
하는 어린아이에게 화를 내봐야 무슨 소용이겠는가'라며 속으

로 참을 '인(忍)'자를 새겨가면서 마인드 컨트롤을 했을 뿐이다.

훈육이라는 것이 잘못된 것을 바로잡아주겠다는 좋은 의도로 시작했다고 하더라도 어느새 분노 조절을 못하게 되는 경우가 많다. 나중에는 이것이 훈육을 하는 건지 아이에게 화풀이를 하는 건지 분간할 수 없는 지경에 이르게 된다. 결국 아이들은 그저 소리를 지르는 부모를 두렵다고 느낄 뿐이다.

어릴 적에 내가 그랬다. 부모님께 혼나는 날이면 반성을 하고 깨달음을 얻기는커녕 내 마음을 알아주지 않는 것이 마냥 억울했다. 그때 내가 나중에 부모가 된다면 그러지 않겠노라 다짐을 했던 기억이 난다.

그래서 나는 훈육할 일이 생기면 일단 대화를 시도한다. 먼저 왜 그런 행동을 했는지 물어보고 아이의 이야기를 들어본다. 아이의 생각에 먼저 공감을 해준 뒤에 잘못된 점을 이해하기 쉽게 차분히 설명해준다. 아이들도 다행히 그 노력을 알아주었는지 엄마를 신뢰하고 잘 따라주는 덕에 아직까지도 우리 집에서 큰소리 나는 일은 드물다.

하지만 아무리 그런 나라도 사람인지라 한 번씩은 한계에 다다를 때가 온다. 한 번은 둘째가 무엇인가 잘못해서 충분히 알아듣게 설명을 하고 사건을 일단락지었다. 기분이 금방 회복되어 잘 놀고 있는 아이와 달리 그날따라 나는 감정이 해소되지 않고 자꾸 화가 올라오는 것이 느껴졌다. 그런 때는 괜히 했던 애기를 반복하면서 잔소리를 늘어놓거나 계속 화가 난 표정으로 자칫 아이들을 불안하게 만들 수 있다.

나는 잠시 다른 쪽으로 생각을 돌리는 것이 좋겠다고 판단하고 방에 들어갔다. 책상에 앉아 당시 전체 필사를 진행하던 책과 필사 노트, 그리고 좋아하는 만년필을 꺼냈다. 노트에 한 글자씩 옮겨 적어가는 동안 마음속에 남아 있던 화가 점차 가라앉는 것이 느껴졌다.

한 페이지를 필사한 후에는 마음이 완전히 정화되어 사소한 일에 왜 그렇게 화가 났었나 하는 생각마저 들었다. 필사를 하면서 마음이 편안해지는 느낌은 그 전에도 받았었지만 짧은 시간 안에 이렇게 스트레스가 해소되는 경험은 처음이라서 신기했다. 그 뒤로 나는 여러 가지 원인으로 스트레스가 쌓이거나 기분이 다운될 때면 필사를 통해 풀기 시작했다.

사람은 누구나 문제를 가지고 있고 스트레스를 받기 마련이다. 물론 적당한 스트레스는 오히려 긍정적인 효과도 있다고 한다. 하지만 그 반대인 경우 우울증이나 불안 증세뿐 아니라 수많은 질병의 원인이 되는 만큼 자기에게 맞는 스트레스 해소법을 알고 있어야 한다.

영국 일간 텔레그래프가 보도한 내용에 따르면 영국 서섹

Read
books

Listen to
music

How To
Reduce
Stress

Drink
coffee

Play a
game

Take a
walk

스대학교 인지신경심리학과 데이비드 루이스 박사팀은 독서, 산책, 음악 감상, 커피, 게임 같은 다양한 스트레스 해소법들이 얼마나 효과가 있는지를 측정하고 결과를 발표했다.

연구 결과 1위는 독서였다. 약 6분 정도 책을 읽으면 스트레스가 68% 감소됐고, 심박수가 낮아지며 근육 긴장이 풀어진다고 한다. 다음으로 음악 감상 61%, 커피 54%, 산책 42%, 게임 21% 순으로 효과가 있었지만 심박수는 오히려 증가했다고 한다.

필사를 '느린 독서'라고 부르는 만큼 이 연구 항목에 필사를 넣었더라면 단연코 1위가 아니었을까? 필사를 하면서 복잡하던 마음이 편안하고 차분해지는 경험을 해본 사람이라면 나의 의견에 적극 공감할 것이다. 그런 이유로 필사를 손으로 하는 명상이라고도 한다. 시간이나 장소에 구애받지 않는 건강한 스트레스 해소법을 찾고 있다면 필사가 그 답이다.

I always miss you

우울증 특효약

    올더스 헉슬리의 예언적 소설인 『멋진 신세계』를 읽을 당시 '소마soma'라는 것이 실제 세상에 존재한다면 어떨까 하는 생각을 해본 적이 있다. 소설 속의 유토피아 세상에서는 모두가 삶에 만족하며 늘 쾌락을 맛보며 살고 있다. 어쩌다가 불운한 상황이 발생하더라도 소마만 있으면 다 해결된다. 소마를 복용하면 불안, 초조, 분노, 슬픔 등의 부정적인 감정들에서 벗어나게 되는 것이다. 일종의 부작용이 없는 마약인 것이다.

    우울증이 환절기에 걸리는 감기처럼 흔한 질병이 되어 버린 시대에 살고 있는 현대인이라면 그 소설을 읽고 나와 같은 상상을 하는 것은 무리가 아닐 것이다. 그것이 비록 인위적인 행복감일지라도 '소마'가 있는 삶이 어쩌면 더 낫지 않을까?

예전에는 '정신과'를 정말 정신이 이상하거나 미친 사람이나 가는 병원이라고 생각하는 편견이 있었다. 하지만 요즘은 우울증, 공황장애, 조울증, 조현병 등 다양한 형태의 정신질환이 더 이상 특별한 질병이라고 할 수 없을 만큼 그것을 호소하는 사람이 많아졌다.

최근 발표에 따르면 우리나라 국민 100명 중 5명 이상은 우울증을 가지고 있다고 한다. 이것은 10년 사이 2배가 증가한 것으로 남성의 약 3.9%, 여성의 약 6.8%가 우울증을 겪고 있다는 것이다. 최근에는 신종 코로나 바이러스 감염증(코로나19)으로 인한 사회적 거리두기가 지속되면서 '코로나 블루'라고 불리는 신조어까지 생겨날 만큼 우울감과 불안감을 느끼는 사람이 많아졌다. 대형 온오프라인 서점에서 우울증이나 조현병의 극복 과정과 사례를 담은 책들이 오랜 시간 베스트셀러에 올라 있는 것만 봐도 얼마나 많은 사람들이 관심을 가지고 있는지 알 수 있다. 우울증이 무서운 이유는 환자 중의 절반 이상이 자살을 생각하고 그 중 10~15%는 실제로 시도한다는 점이다.

심리학 분야에서 3대 거장 중의 한 명으로 잘 알려진 '알프레드 아들러'는 자신에 대한 지나친 관심 때문에 우울증이 생긴다고 주장했다.

　과도하게 집중된 자신에 대한 감정에서 벗어나 다른 목표를 정하고 성취해가는 과정은 무기력감에서 탈출하게 해준다.

　나는 실제로 온라인 필사 모임을 운영하면서 필사가 우울증에 많은 도움이 되었다는 이야기를 종종 듣는다. 필사를 하는 과정 동안 '무엇인가를 하고 있다'라는 생각이 무기력감에서 벗어나게 한다는 것이다. 약 한 달간 필사 모임에 참여한 뒤 두툼해진 필사 노트를 바라볼 때 느끼는 성취감과 함께하는 사람들과의 관계에서 느끼는 재미가 삶의 활력을 되찾게 해주는 것 같다.

　이것은 소설 속의 '소마'와 같은 인공적인 약으로부터 얻는 가짜 위안이 아니라 마음에서 우러나오는 진정한 행복이다. 지금 당신의 현실은 소마가 필요한가? 그렇다면 최소 2주만이라도 좋으니 필사를 시작해보라.

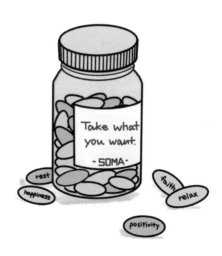

필체 교정

"저도 해보고 싶은데 악필이라 못하겠어요."
"케이님은 원래 글씨를 잘 쓰시던 것 아니에요?"

내가 필사한 노트의 사진이나 영상을 SNS에 업로드하면 어쩜 글씨체가 그리 반듯하고 예쁘냐는 칭찬을 자주 받는다. 심지어 어떤 분은 따라서 연습하고 싶다면서 내가 필사한 노트를 구입할 수 있는지를 묻는 분도 계셨다. 편리한 스마트폰과 키보드 자판 덕분에 손글씨 쓸 일이 점점 없어지다 보니 또박또박 바르게 글씨를 쓴다는 것 자체가 하나의 능력으로 평가받는 시대가 된 느낌이다. 하지만 나 역시 필사를 처음 시작했을 때는 지금처럼 글씨를 반듯하게 쓰지 못했다. 반듯은 고사하고 마치 누가 뒤에서 쫓아오는 상황에서 다급하게 휘갈긴 느낌을 주는 글씨체였다.

그렇지만 무슨 글씨인지 못 알아볼 정도의 악필은 아니었기에 크게 신경 쓰지 않았다. 그저 좋은 문장을 오랫동안 간직하고 싶은 이유에서 시작한 필사였기 때문이다.

하지만 첫 필사 노트를 채워 가는 동안 단정한 글씨에 대한 욕심은 날로 커져 갔다. 간단히 쓰고 버릴 메모가 아니라 두고 두고 읽어볼 소중한 나의 자산이 될 노트라면 이왕이면 예쁘게 쓰고 싶었던 것이다.

그런데 작정하고 잘 써보겠다고 마음을 먹으니 오히려 힘들었다. 또박또박 쓰려고 볼펜을 쥔 손에 힘을 주고 쓰다 보니 몇 문장만 써도 팔이 아팠던 것이다. 정갈한 글씨체에 대한 갈망과 통증으로 인한 고민이 반복되던 어느 날, 평소 궁금했던 만년필에 대한 정보를 알아보다가 두 가지 문제를 해결해줄 수 있겠다는 확신이 들었다.

그렇게 나의 첫 만년필은 무거운 책임감을 가지고 나와 마주하게 되었다. 만년필에 대한 상식이 전혀 없는 '만알못' 상태였던지라 여러 가지 시행착오를 겪어야 했지만 사용감은 만족스러웠다. 무엇보다 볼펜과 달리 원하는 획을 정확하게 그을 수 있다는 것과 힘을 주지 않아도 된다는 점이 좋았다. 물론 만년필로 쓰자마자 달필이 된다거나 하는 것은 아니다. 내가 만년필을 구입한 뒤 작성한 필사 노트의 첫 장을 보면 이전 글씨체와 큰 차이가 없다. 필압을 조절해가면서 매일 A5 사이즈의 노트에 1~2페이지씩 필사하며 만년필에 적응해 나갔다. 약 한 달쯤 지나 비교해 봤더니 글씨체가 눈에 띄게 달라져 있었다.

필사를 하다가 중간에 맘에 들지 않는다고 찢거나 하지 않았는데 오히려 변화되는 과정을 볼 수 있어서 더 좋았다. 꾸준히 하다 보면 좋아진다는 막연한 설명보다는 직접 비교해보는 것이 좋을 것 같아서 부끄럽지만 나의 첫 필사 노트와 현재 쓰고 있는 노트를 이곳에 공개한다.

첫 번째 노트를 보여주면 아이들이 이건 엄마의 글씨가 아니라고 할 만큼 두 노트의 글씨체가 확연히 다르다. 자음, 모음의 크기와 비율, 가로와 세로 획의 반듯함이나 띄어쓰기 간격 등 다른 사람의 글씨라고 해도 믿을 만큼 차이가 있다. 따로 펜글씨 교본이나 손글씨 교정책으로 연습을 하지는 않았다.

3년 동안 하루도 빠짐없이 필사를 하면서 '어제보다 조금 더 단정하게 쓰자!'라는 마음으로 필체를 교정해 왔고 지금도 역시 노력하고 있다. 좋아하는 글을 옮겨 적으며 심리적 안정감을 얻는 동시에 글씨체까지 예쁘게 교정되는 1석 2조의 취미라니!
이 정도면 내가 필사를 사랑하고 사람들에게 권유하는 이유가
충분하지 않은가.

첫 필사 노트

엄마의 평소 말습관이 아이에게 그대로 전달되어 흉보는 말을 보고 들은 아이는
흉보는 말을 배우고, 칭찬하는 말을 보고 들은 아이는 칭찬하는 말을 배운다.
엄마의 어떤 말습관이 아이 친구관계에도 좋은 영향을 미치고 사회성 발달에
효과적일까? 칭찬도 습관이고 비난도 습관이라면 모두 아이가 자라면서 배운 것이
습관은 반복된 행동이 결과로서 후천적으로 형성된 것이다. 아이의 말을 들어보면
엄마가 그동안 아이에게 어떤 말을 했는지 볼 때가 많다.
입모양을 가다듬고 말하는 자세가 칭찬의 기본이다. 누군가를 비난하는 사람은
어른이나 아이나 입모양이 비틀리거나 비죽거린다. 그뿐만 아니라 얼굴 전체가
일그러질때도 많다. 반면 누군가를 칭찬하는 사람을 살펴보면 입가에 미소가 더
얼굴이 환하다. 칭찬은 듣는 상대방도 좋지만 칭찬하는 당사자가 더 행복하다
내 아이가 친구들에게 칭찬받는 아이가 되면 좋겠지만 굳이 먼저 나서서 칭
아이라면 더 좋을것이다. 그렇게 되려면 아이가 먼저 그런 경험을 해봐야 하
엄마로부터 당연만 듣고 자라면 아이의 정서가 왜곡되어 다른사람도 비딱하게
비딱한 시선을 가진 아이에게 친구의 장점이 보일리 없다. 거울로 입모양을
아이의 장점을 말해보자. 그러면 이런 말을 할 아이가 점점 줄어든다.
" 친구의 단점만 보면 돼? 장점을 봐야지."
물론 흠잡는데 없는 말이지만 초등학교 저학년 이하의 아이들에게는 구체적이
어떻게 말해야 아이에게 구체적으로 전달할 수 있을까?

아이가 친구의 장점을 보는 습관은 들이려면 엄마가 말로써 보여주고 들려주면 된다.
하루 날을 잡아 작정하고 아이에게 친구의 단점을 털어놓고 말해보게 한다. '먼저 ○○
경험하는, 시나는 흉보기 시간이다. "지금부터 엄마랑 네 친구 ○○ 흉보기 시간은 시작
아이의 말에 엄마가 놀라는 척을 하며 동정한다는 추임새도 넣어주고 " 그런 친구가
있다니 놀라운걸?" 이라는 말도 하면서 아이가 카타르시스를 느끼게 하면 더욱
그러면 마음이 정화된 아이가 자신의 친구에 대해 스스로 정리를 할수 있게 도
" 그럼, 친구의 장점을 한번 세볼까?" 라고 제안하는 것도 좋다. 그 다음에 ㅇ
" 이제 엄...

DATUM/DATE

깜박 잠이 들었다가 깨어보니 조르바는 벌써 나가고 없었다. 추워서 일어날 엄두가 나지 않았다. 나는 머리 위로 손을 뻗어 작은 선반에서 내가 좋아해서 여기까지 가져온 책 한 권을 집어 들었다. 말라르메 의 시집이었다. 천천히 마음 내키는 대로 읽다가 책을 덮었고, 다시 펼쳤다가 결국은 내려놓고 말았다. 그의 시는 핏기도 없고 냄새도 없 고 인간의 본질을 비켜가고 있는 것 같았다. 처음 경험한 느낌이었다. 그의 시가 창백한 진공 속의 공허한 언어로 보였던 것이다. 박테리 아 한 마리 없는 완벽한 증류수였지만 영양분 역시 하나 없는 물 같은 것, 요컨대 생명이 없는 것으로 느껴졌다.

창조의 섬광을 상실한 종교에서 제신은 결국 인간의 고독과 벽면 을 치장하는 시적 모티브나 예배 용품으로 전락했다. 말라르메의 시 에서도 비슷한 현상이 일어나고 있었다. 흙과 씨앗으로 가득한 심 장의 뜨거운 갈망이 완벽한 지적유희, 현학적이고 복잡한 허공의 구조물이 되어버렸다.

나는 다시 시집을 펼쳐 읽어 보았다. 이런 시들이 어째서 그토록 오 랫동안 나를 사로잡았던 것일까! 순수시라고! 여기에 인생은 한 방 울의 피도 끼어들지 않은 밝고 투명한 놀음이 되어있었다. 인간의 본 질은 야만스럽고, 거칠며 불순한 것이다. 이것을 추상적인 관념으로 승 화시켜 버린다면 어찌 되겠는가? 정신의 도가니 속에서 이런저런 연금술로 순화시키고 증발시켜 버린다면?

전에는 그토록 나를 매혹하던 이 모든 것들이 이날 아침에는 지적인 곡예, 세련된 협잡에 불과한 것으로 보였다. 그것이 문명이 쇠퇴하 는 모습이다. 순수시며 순수음악, 순수관념이라는 정교하게 짠 속임수. 최후의 인간 - 모든 믿음과 모든 환상에서 해방된, 그래서 기대할것 도 두려워 할것도 없어진 - 은 자신을 구성하는 진흙덩어리가 정신으 로 축소되어 버렸다는 것을.

전체 필사가 좋은 이유

독서 후에 좋은 문장을 발췌하여 기록하는 것이 습관이 되다 보니 어느 순간 필사에 대한 생각이 달라졌다. 간헐적인 필사가 아니라 매일 일정 분량을 정해놓고 꾸준히 쓰고 싶다는 생각이 들었다. 그래서 도전하게 된 것이 전체 필사이다.

전체 필사는 말 그대로 첫 문장부터 마지막 마침표까지 책의 전체를 베껴 써야 하는 만큼 발췌 필사와는 다른 매력과 장점을 가지고 있다. 필사를 하는 동안 글을 쓴 작가의 입장에서 생각하면서 문체와 구조, 글을 쓰는 방식까지 배울 수 있다. 수많은 작가 지망생들이 전체 필사를 하는 이유이기도 하다. 필사를 하는 동안 글쓰기 능력까지 향상되는 것이다.

평소에 속독을 즐기는 사람이라면 전체 필사를 통해 새로운 경험을 할 수 있다. 책을 눈으로 빠르게 읽다 보면 분명히 놓치고 가는 단어나 문장이 있기 마련이다. 하지만 전체 필사를 할 때는 마치 꼭꼭 씹어서 삼켜야 하는 귀리밥을 먹는 것처럼 작가가 고심하며 골랐을 단어 하나, 문장 하나까지 세심하게 관찰할 수밖에 없다. 그런 이유로 전체 필사를 완료했을 때는 책한 권을 완전히 내 것으로 소화했다는 만족감을 준다.

하지만 이렇게 많은 장점이 있다 하더라도 시작하기 전에 반드시 알아두어야 할 중요한 세 가지가 있다.

첫 번째는 스스로 필사에 재미를 느끼기 시작했을 때 도전하라는 것이다. 무턱대고 처음부터 전체 필사에 도전하는 것은 정말이지 말리고 싶다. 앞서 여러 차례 설명했다시피 장시간 손으로 글씨를 쓴다는 것은 생각보다 쉽지 않다. 처음에는 책을 읽은 후 좋았던 문장이나 비교적 길이가 짧은 시를 필사해 볼 것을 추천한다.

하루에 10~15분 정도만 시간을 내어 짧고 좋은 글귀를 적어본다. 좋아하는 문구류를 사용한다면 금상첨화이다. 다이어트를 할 때 운동의 강도보다는 빈도가 중요하듯이 필사도 정해진 시간에 약 2주 정도 꾸준히 실천해보는 것이 중요하다. 어느 정도 기초 체력을 다지고 슬슬 재미가 붙기 시작했다면 이제 근육을 만들 차례이다. 전체 필사에 도전할 준비가 끝난 것이다.

두 번째 중요한 것은 책의 선정이다. 내가 전체 필사를 할 때 책을 고르는 기준은 딱 한 가지다. 전에 읽었던 책 중에서 다시 한 번 읽고 싶은 책! 고전 소설을 좋아하다 보니 『어린 왕자』를 시작으로 톨스토이의 소설 두 권을 쓰고, 현재는 『그리스인 조르바』를 필사하고 있다.

내가 『그리스인 조르바』를 전체 필사한다고 하면 놀라는 분이 더러 있다. 내용은 둘째치고 어마무시한 분량 때문이다. 사실 내가 맨 처음 『어린 왕자』를 전체 필사할 때는 한 달이라는 기한을 정해놓고 일정 분량을 꼬박꼬박 채워가면서 했었다. 하지만 지금은 기한을 정하지 않는다. 자유분방한 조르바의 인생 철학처럼 내가 원할 때 원하는 만큼 즐기면서 필사하고 있다. 페이지 수가 많아도 전혀 부담스럽지 않은 이유이다.

그렇다고 꼭 읽어봤던 책 중에서 골라야 한다는 것은 아니다. 오랜 시간이 걸리는 만큼 반드시 좋아하는 작가나 장르의 책을 고르는 것이 중요하다. 아무리 좋은 책이라고 하더라도 공감이 가지 않거나 흥미가 없는 내용이라면 지루해져서 포기하기 쉽기 때문이다.

마지막 세 번째는 집중력이다. 전체 필사를 하다 보면 가끔

아무 생각 없이 기계처럼 글씨만 옮겨 쓴다거나 혹은 손은 글씨를 쓰고 있지만 머릿속으로는 책의 내용과 전혀 관계없는 딴 생각을 할 때가 있다.

　물론 그저 아무 생각 없이 글씨를 쓰는 것이 필요할 때도 있다. 유난히 마음속이 복잡한 날은 무념무상으로 필사하는 것처럼 좋은 것이 없기 때문이다. 하지만 필사는 자고로 '느린 독서'라고 불리는 만큼 책의 내용에 몰입하며 쓰는 것이 좋다. 위에 언급한 글쓰기 능력은 작품에 몰입하는 과정에서 얻게 되는 효과이기 때문이다.

비대면 취미 모임

나는 오래전부터 책을 좋아하는 사람들과 함께 독서하고 토론하는 모임에 참여하고 싶었다. 편향되지 않는 독서를 지향하고 있지만 아무래도 혼자 책을 고르다 보니 결국 내 취향 위주로만 읽게 되었기 때문이다.

그래서 좀 더 다양한 분야를 접하고 균형 잡힌 책읽기에 도움이 될 만한 독서 모임을 하고 싶었다. 독서 모임은 토론을 통하여 생각의 폭을 넓히고 한 단계 높은 독서를 할 수 있을 거라는 기대감을 주었다. 무엇보다 분위기 좋은 카페에 앉아서 사람들과 함께 책을 읽고 대화를 나누는 모습을 상상만 해도 좋았다. 그런 모임에 참여하는 것만으로도 뭔가 지적으로 충만해질 것 같은 느낌이랄까? 하지만 아직은 엄마의 손길이 많이 필요한 나이의 아이들을 키우다 보니 물리적으로나 정신적으로나 그럴 만한 여유가 부족했다. 더군다나 코로나바이러스로 인해 비대면 시대에 접어든 만큼 오프라인 모임이 전에 비해 어려워지기도 했다.

독서 모임에 대한 로망을 마음 한켠에 고이 모셔 두고 혼자 책을 읽고 필사를 즐기던 중에 우연히 '온라인 영어 필사 모임'이 있다는 것을 알게 되었다. 나에게 다이어트와 영어는 평생의 숙원 사업이기에 더욱 솔깃했다. 기대 반 호기심 반으로 일단 신청을 했다.

비록 온라인이긴 했지만 드디어 로망이 이루어진다고 생각하니 시작하기 전부터 설레었다. 어쩌면 온라인 모임이 나에게 더 잘 맞는 방식이라는 생각도 들었다. 낯가림이 조금 있다 보니 시간이 허락했다 하더라도 참석할 용기를 내지 못했을지도 모를 일이기 때문이다.

기다리던 필사 모임이 시작되었고 참여 방식은 이랬다. 운영자가 매일 필사할 문구를 단체 채팅방에 올려주면 24시간 내에 필사한 노트를 사진으로 찍어 인증한다. 전체 인원이 상당수이다 보니 채팅방을 여러 개로 나누어 팀별로 운영했는데 여기에는 한 가지 중요한 규칙이 있다. 제시간에 인증을 완료한 사람과 그렇지 못한 사람을 구분하여 매일 체크하는 것이다. 이것을 일주일 단위로 통계를 낸 뒤 점수를 매겨 각 팀의 순위가 매주 공개되었다.

필사하는 것을 워낙 좋아하는데다가 다른 사람에게 민폐가 되는 걸 끔찍이도 싫어하는 만큼 성실히 참여했다. 사실 일단 뭐든 시작하면 열심히 하는 타입이기도 하다. 필사 분량은 제법 많았다. A5 노트 기준으로 하루에 2~3페이지 정도 되는 양이었지만 그동안 다져온 필사 근육(?)이 있기에 버겁지는 않았다.

시간적인 여유가 있는 날이면 노트 여백에 그림을 그리거나 스티커 등을 이용하여 예쁘게 꾸미기도 했다. 사람마다 개성이 다른 만큼 멤버들의 필사 노트를 구경하는 재미도 쏠쏠했다. 문자 그대로 하늘 아래 같은 필사 노트는 없었다.

다만 시간이 부족한 날이 문제였다. 그런 날은 마감시간에 늦을까 봐 필사를 즐기기는커녕 밀린 숙제하듯이 해치워 버렸다. 혹여 나 때문에 우리 팀의 순위가 안 좋게 나올까 봐 전전긍긍하며 필사를 하게 되었던 것이다. 사실 이런 부담감은 끈기가 없는 사람에게 미션을 완수할 수 있는 채찍질이 될 수 있다. 하지만 '필사=정신적 힐링'이라는 관점에서는 다소 아쉬운 면도 존재했다.

그럼에도 불구하고 나는 지금까지 총 3번의 온라인 영어 필사 모임에 참여하여 완주에 성공했다. 덕분에 책장에는 세 권의 영어 필사 노트와 그만큼의 뿌듯함이 추가되었다.

지금까지의 경험을 바탕으로 온라인 필사 모임의 장점을 정리하자면 이렇다. 우선 여러 사람과 함께함으로써 필사를 꾸준히 지속할 수 있는 힘이 생긴다. 그러다 보니 필사가 익숙하지 않은 사람에게는 매일의 습관을 만들어가는 계기가 될 수 있다. 무엇보다 지금과 같은 비대면 시대에 취향이 같은 사람들과 만남을 유지할 수 있다는 것 자체가 큰 매력이다.

이것은 물론 필사 모임에만 국한된 것은 아니다. 요즘은 독서 모임을 비롯하여 글쓰기, 드로잉, 영어 공부 등 다양한 분야의 온라인 모임이 늘어나고 있는 추세이다. 물리적으로 시간을 내기 어려운 상황에 있거나 사람들을 직접 대면하는 것에 불편함을 느끼는 성격의 소유자라면 온라인 모임에 참여해 보길 적극 추천한다. 어딘가에 소속되어 있다는 만족감을 느끼는 동시에 좋은 습관을 만들어갈 수 있을 것이다. 또한 관심사가 같은 사람들과 소통하며 모임에 참여하는 동안 생각지도 못한 좋은 인연을 만날 수도 있다.

클래식 필사 론칭

온라인 필사 모임을 직접 운영하게 된 지는 얼마 되지 않았다. 솔직히 애초에 주도적으로 기획하고 만든 것은 아니었다. 주변의 권유로 고민을 시작했지만 선뜻 결정하지 못했다. 필사를 누구보다 좋아하지만 그저 모임의 일원으로서 참여했던 것과는 달리 부담감이 앞섰기 때문이다. 소규모의 모임이라고 할지라도 운영자라면 책임감은 기본이고 멤버들에 대한 배려와 부드러운 리더십까지 겸비해야 한다. 또한 최소한 참여하는 시간이 아깝지 않도록 확실한 동기를 느끼게 해주어야 하는 것이다.

처음에는 남의 일처럼 느껴졌지만 시간이 갈수록 '과연 내가 할 수 있을까?'에서 '어떻게 하면 필사의 매력을 잘 알릴 수 있을까?'라는 주제로 고민의 방향이 바뀌어 갔다. 단순히 독서의 한 형태로서 책을 베껴 쓰는 기능적인 면을 넘어 필사로 인해 때로는 위로받고 행복해지는 그 감정을 전달하고 싶었다.

그러기 위해서는 시간에 쫓기는 스트레스가 없어야 한다. 그래서 매번 모임을 시작할 때마다 내가 멤버들에게 강조하는 것은 '필사를 천천히 즐겨 주세요'이다.

다음날 필사 문구가 배달되기 전에 인증하는 것이 기본이 기는 하지만 강제성은 없다. 지각을 체크하거나 점수를 매기지도 않는다. 주중에 바빠서 밀린 분량이 있다면 주말에 느긋하게 즐겨도 된다.

필사를 해치워야 할 숙제나 업무가 아니라 스스로를 위한 선물 같은 시간으로 느끼기를 바라는 것이다. 또한 생애 처음 필사에 도전하는 사람들도 어렵지 않게 즐길 수 있도록 분량에 부담이 없는 시집이나 짧은 격언집 중에서 책을 선정하고 있다.

그러다 보니 필사에 투자하는 시간은 하루에 평균 약 10분 정도면 충분하다. 그 시간만큼은 스트레스를 해소하고 나를 재충전하는 시간, 바로 미타임Me-Time이 되는 것이다.

하루 중 온전히 나를 위한 시간이 있다는 것 자체로 삶의 행복지수는 높아질 수 있다. 내가 3년째 매일 아침 하루도 빠짐없이 필사를 하는 이유이기도 하다.

괴테는 말했다. 누구나 매일 최소한 한 번은 감미로운 음악을 듣고 아름다운 시를 읽고 훌륭한 그림을 감상해야 한다고. 바쁘고 정신없는 일상 속에 비록 짧은 시간이지만 좋은 글귀를 천천히 음미할 수 있다는 것. 더불어 잔잔한 음악을 들으며 향 긋한 차와 함께한다면 그보다 완벽한 미타임은 없을 것이다.

모임을 운영하면서 내가 한 가지 더 욕심을 내는 것이 있다. 그것은 바로 필사를 통해 글씨체가 교정되는 효과를 느끼게 하는 것이다. 그래서 '케이의 손글씨 교정팁'이라는 이름으로 그동안 내가 글씨체를 교정하며 깨달았던 몇 가지 방법을 영상으로 만들어 공유하게 되었다. 그리고 매일 아침 직접 손글씨로 필사한 사진을 필사 문구와 함께 전송하고 있다. 내가 필사한 사진을 인쇄해서 따라 쓰시는 분들도 있다 보니 더욱 정성을 들여 쓰게 되었다.

한 달 만에 필체가 얼마나 달라질까 싶은 생각이 들 수도 있다. 물론 개인 차이는 있지만 첫날과 마지막 날의 필사를 비교해보면 분명히 차이가 있다는 것을 깨닫게 된다. 실제로 연속으로 꾸준히 참여하고 있는 멤버들의 인증 사진을 보다가 깜짝 놀란 적도 있다. 언뜻 보면 내 노트로 착각할 만큼 필체가 나와 흡사해져 있었던 것이다.

하루는 멤버들의 정성이 담긴 인증 사진을 흐뭇하게 바라보다가 문득 이렇게 한 번 보고 말기에는 아깝다는 생각이 들었다. 그래서 일주일에 한 번씩 전시회 영상을 만들게 되었다. 각자의 개성이 담긴 필사 노트를 모아놓으니 감동은 배가 되었다.

멤버들은 마치 선물을 받은 것 같다면서 함께 감동하고 좋아해 주었다. 영상을 편집하고 만드는 것이 조금 수고롭더라도 꾸준히 해나갈 생각이다.

누구나 어른이 된 이후에는 마음을 나눌 친구를 사귀는 일이 쉽지 않다. 또한 조건 없는 따뜻한 칭찬을 받는 일 역시 드물다. 나는 내가 운영하는 '클래식 필사'가 부디 그런 모임이 되길 바란다. 함께 필사하며 힐링하고 따뜻한 말 한 마디로 서로의 하루를 응원해줄 수 있는 그런 공간. 매일 오전 10시가 기다려지는 선물 같은 시간이 되길 바란다. 그런 마음을 담아 나는 오늘도 또박또박 정성껏 필사를 한다.

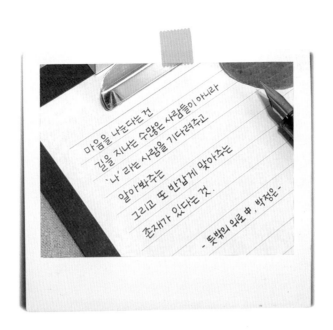

마음을 나눈다는 건
길을 지나는 수많은 사람들이 아니라
'나'라는 사람을 기다려주고
알아봐주는
그리고 또 반갑게 맞아주는
존재가 있다는 것.

- 뜻밖의 위로 中, 박정은 -

클래식 필사 멤버들의 목소리

"선정하시는 책마다 인간으로서의 나를 생각하게 해주는 좋은 시간이었어요. 더 나아지는 내가 되기 위한 다짐을 필사하는 동안이라도 할 수 있기에 깊은 생각 없이 하루하루를 보내는 것보다 훨씬 의미 있는 나날들을 보내고 있는 것 같아요. 앞으로도 쭉 함께하면서 좋은 영향력을 많이 받고 많이 나눌 수 있는 뜻깊은 삶을 채우고 싶어요. 케이님의 반듯하고 예쁜 글자는 볼 때마다 힐링입니다." 김○영

"시 필사는 나만의 시간에 온전히 시를 느낄 수 있어 좋았습니다. 그동안은 소설, 수필 필사만 했었는데 시 필사가 가장 만족도가 크고 생각하게 되는 시간이 많았어요."
김○인

"케이님 감사드려요. 필사하면서 마음의 속도도 느껴보고 저를 들여다보는 시간도 갖게 되었어요."
샘○

"책으로 읽으면
그냥 스쳐 지나가는 글들이
필사를 통해 한 번 더 생각하게 되고
스며들게 되네요.
처음 해보는 필사라 겁도 났지만
다른 분들 노트나 펜 구경하는
재미도 굉장했습니다." 류○빈

"저는 예전에
다른 필사 모임에 오픈톡으로 참여한 적이 있었는데요.
필사 모임 참여하기 전에도 필사는 그냥 '베끼다'라는
행위로만 생각했었어요. 글씨체 따위는 신경 안 쓰고
그냥 페이지 채우기에 급급했었죠.
그런데 클래식 필사의 케이님을 만나고 나서는
매번 말씀드렸다시피 필사로 '힐링'과 '기다림',
그리고 '내려놓음' 같은 것들을 느끼고 배우게 되었어요.
저도 왜 그렇게 됐는지는 모르겠어요.
아마도 '천천히'라는 명제가 있어서 그런 것 같아요.
말이 길어졌네요. 좋아서 그랬어요. 너무 좋아요."
전○정

"좋은 글을 또박또박 써보는
필사의 즐거움을 케이님 덕분에
알게 되었어요. 매일매일 케이님의
글씨와 클래식필사팀 글씨를 보며
힐링받습니다."
황○란

"호기심 반, 글씨 교정 반
이런 생각으로 참여했는데,
필사하는 시간이 참 좋더라구요.
책상 위도 정리하고.
차 한잔 마시고. 음악도 듣고
그 시간만큼은 여유로워져서 좋았어요."
전○상

"필사라는 건 진짜 하면 할수록 매력이 넘치는 것 같아요.
작가가 쓴 문장들, 우리에게 주고 싶은 메시지 혹은
그/그녀의 마음 등을 눈으로 그냥 읽을 때보다 집중해서 쓰며
다시 되새김질할 수 있는 과정이 필사라고 생각해요.
그 과정을 통해 더 절절하게 맘에 와닿게 되는 것 같습니다.
더불어 사랑하는 문구들 특히 만년필과 잉크라 하는
나만의 시간이 행복해요. 좋은 내용으로 맘을 편하게 해주신
케이님께 감사드립니다." 김○영

"케이님의 글씨를 보면서 가능하면 여유를
가지고 필사하려고 했더니 처음보다
시간이 가면 갈수록 필사를 즐기고
힐링이 될 수 있었어요.
즐겁고 감사했습니다."
최○숙

"필사하며 많은 것을
느끼고 배우는 것 같습니다.
감사합니다." 김○주

"필사는 명상이다!
순간의 몰입으로 나와 만나게 해주는
귀한 시간을 알게 되어 행복합니다."
임○하

"제가 좋아하는 시, 그리고 필사하는 시간.
매일매일 어떤 시가 배달이 올까 저는 기다렸어요.
그리고 케이님의 글씨 교정팁도
조금씩 염두하며 글을 써보기도 하구요!
매일 아침 10시면 저는 행복해집니다." 한○희

"온라인 필사 　　 모임이라는 제목을 보고 처음엔 그냥
소설책이나 에세이 한 권 필사하겠거니 생각했는데,
감성을 자극하는 시를 만나니 더 좋았답니다.
내일은 어떤 시가 배달될까 기다려졌죠.
중간 중간 손글씨 교정 꿀팁까지 알려주셔서
못난 제 글씨가 교정되는 데 많은 도움이 되었어요.

첫날 쓴 글이랑 최근 글 비교해보니 차이가 많이 나네요.
케이님 덕분입니다. 감사해요." 문○숙

"클래식 필사 함께해서 너무 좋았습니다.
저도 혼자서 조금씩 필사하고 있었는데
함께하니 여러분들의 필체 감상하는
맛도 일품이고 좋은 시를 많이 접할 수 있어서
무엇보다 더 좋았던 것 같습니다."
김○주

"필사는 손맛을 느끼게 해주는 맛있는 시간이죠.
톡 쏘는 음료 맛이 아니라 담백한 차를 마시는 시간!
함께해서 감사했어요." 이O정

"저는 필사를 한 지 얼마 되지는 않았지만
혼자만의 시간을 갖고 무언가에 집중할 수 있는
순간이 정말 좋았어요.
요즘 3개월 정도 필사를 쉬다가
이번에 필사 모임을 처음 해봤는데요.
어떤 것이든 혼자 하는 것도 좋지만,
여럿이 같이하는 것 또한 색다른 매력과
즐거움이 공존한다는 것을 새삼 느끼게 되었어요.
중간 중간 글씨 교정팁도 알려주셔서
약 한 달 간 유용한 것들을 배워 가고,
케이님과 다른 필사 멤버분들과 함께해서
즐겁고 행복한 시간이었습니다.
감사합니다!"
하O

필사 노트

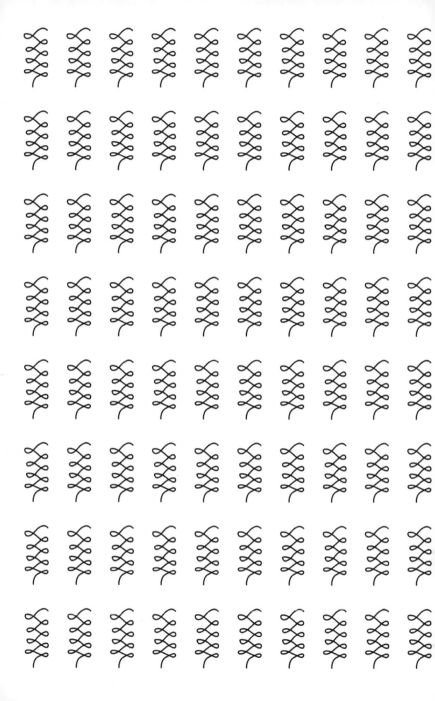

5시, 모닝 루틴
케이의 만년필 필사

© 케이, 2021

초판발행일   2021년 12월 20일

글 · 그림   케이
펴낸이   서종환

기획   샨티
편집   박세라
디자인   오도오도스튜디오

펴낸곳   **책의정원**
등록번호   379-30-00878
주소   제주특별자치도 제주시 도두봉6길 9-1
전화   02-418-0308
팩스   0504-467-1416

ISBN   979 11 973569 0 2   03800